Oetinger

LISE VILLADSEN

Sowas wie Sommer sowas wie Glück

Deutsch von Meike Blatzheim

Verlag Friedrich Oetinger · Hamburg

1

Wenn ihr Kopf so in meinem Schoß liegt, kann ich ihre duftenden Haare riechen, sie sind frisch gewaschen, aber trotzdem zerzaust. Die Vogelnester im halblangen Haar meiner Schwester erinnern mich an meine eigenen, die ich jeden Morgen entwirren muss.

Über den Bildschirm des Laptops vor uns im Bett flimmern Stimmen und Licht. Ich hebe den Blick zum Fenster, das auf Kipp steht. Die Geräusche des Frühsommers dringen zu uns herein. Amselgesang, das Brummen eines Rasenmähers aus einem weit entfernten Garten.

»Hör nicht auf«, sagt Cecilie.

»Mach ich doch gar nicht.«

»Du hast an was anderes gedacht. Das merke ich.«

»Nicht so richtig.«

Meine Finger setzen ihre Bewegung fort. Ich streiche über die weiche Haut an ihrer Schläfe, mache hinter dem Ohr weiter, in ihrem Nacken.

Sie seufzt. Dreht den Kopf und schaut mich an. »Du bist echt die beste Kraulerin der Welt.«

Als sie eingeschlafen ist, halte ich den Film an und hebe ihren Kopf vorsichtig aufs Kopfkissen. Sie atmet tief und langsam. Über ihr liegt eine Ruhe wie nie, wenn sie wach ist.

Jonas hat mir eine Nachricht geschickt und fragt, ob wir morgen nach der Schule am Hafen Eis essen und mit der Planung unserer Interrail-Tour anfangen sollen. Ich schreibe, dass wir das gern tun können. Frage ihn, was er macht.

MAN HAT MICH ZU SCHEISS-MINIGOLF GEZWUNGEN, schreibt er. **MACHE GERADE OLIVER FERTIG!**

Er schickt ein Foto von sich, auf dem er den Schläger über der Schulter hält, die Hände locker auf den Griff gelegt. Sein großer Bruder muss es gemacht haben. Es könnte das totale Macho-Bild sein, wären da nicht der gelbe Anglerhut, den Jonas auf dem Kopf trägt, und das breite Grinsen in seinem sonnenverbrannten Gesicht.

WAS MACHST DU?, schreibt er.

CHILLEN MIT 'NEM FILM.

KOMM RAUS IN DIE SONNE, DU MAULWURF.

DAMIT ICH BALD SO AUSSEH WIE DU? LOL.

VON SONNENCREME KRIEGT MAN PICKEL, schreibt er.

»Ist der Film zu Ende?«, fragt Mama, als ich zu ihr in die Küche komme. Sie steht an der Spüle und schält Kartoffeln. Ihre Hände bewegen sich schnell und effektiv, sie blickt nicht von der Arbeit auf.

Ich decke den Tisch. »Nein, sie ist eingeschlafen.«

»Ah, das ist gut. Dann kann sie bis zum Essen noch eine halbe Stunde schlafen.«

Ich stelle vier Teller auf den Tisch. Vier Wassergläser. Jedes Mal, wenn ich an der offenen Wohnzimmertür vorbeikomme, fällt mein Blick auf Papa, der im Schneidersitz auf dem Sofa hockt und seinen Laptop vor sich hat. Er balanciert ihn auf einem Knie. Der Fernseher läuft.

»Mama? Ich hab überlegt, sollen wir nächstes Wochenende was Schönes machen? Alle vier? Bevor die Prüfungszeit anfängt.«

»Gern«, sagt sie. »Gute Idee.«

»Vielleicht können wir Krocket spielen.« Ich nehme Besteck aus der Schublade. »Und grillen.«

»Das hört sich gut an«, sagt Mama. Aber sie hält in der Bewegung inne. Sie schweigt einen Augenblick, bevor sie fortfährt: »Es wird Cecilie sicher Spaß machen, wenn wir erst angefangen haben, meinst du nicht auch?«

»Ja, das denk ich auch.«

»Na, dann entscheiden wir beide das jetzt einfach. Vielleicht kannst du irgendwann am Samstag des Krocketspiel raussuchen und aufbauen?«

»Sicher, mach ich.«

Sie pustet sich eine Strähne aus der Stirn und lächelt. »Komm her.«

Ich gehe zu ihr, und sie legt ihre feuchte, nach Erde und rohen Kartoffeln riechende Hand auf meine Schulter.

»Danke«, sagt sie.

2

Meine Schwester fährt heute besonders langsam. Die Bewegung ihrer Beine, Runde um Runde, ist konstant, keine Ausschläge nach oben oder unten, keine Änderung der Geschwindigkeit, ganz egal ob wir auf dem flachen Waldweg fahren oder die hügelige Einkaufsstraße hoch. Ich passe mein Tempo ihrem an. Wenn ein Auto kommt, lasse ich mich hinter sie zurückfallen. Sie sitzt vornübergebeugt auf dem Rad. Ihr Rücken ist krumm. Das hat damit zu tun, dass sie im Moment schlecht schläft. Die Wirbelsäule will sich nicht strecken, wenn sie aufsteht.

»Fahren wir später zusammen nach Hause?«, fragt sie, während wir die Räder in den Fahrradständer vor den großen roten Backsteinsteingebäuden schieben.

»Ich hab heute bis drei.«

»Ich auch«, sagt sie und sieht erleichtert aus.

Im Moment braucht meine Schwester mich besonders. Manchmal kommt es mir so vor, als könnte ich sie besser spüren als mich selbst. Als wäre ihr Körper ein Magnet, der meinen anzieht.

Dann fällt mir meine Verabredung ein.

»Sorry«, sage ich. »Ich hab ganz vergessen, dass ich mich später mit Jonas am Hafen treffen wollte.«

»Wie lange bleibst du weg?«

»Sicher nicht länger als zwei Stunden. Höchstens drei.«

Als wir uns im Flur trennen, umarmen wir uns. Ihre Haut ist sonnenwarm.

»Bis später, Lilie«, sage ich.

»Bis später, Aster.«

Als ich klein war, konnte ich »Cecilie« nicht richtig aussprechen, es wurde immer »Lilie« daraus. Dann fing Cecilie an, mich »Aster« zu nennen, und plötzlich hatten unsere Eltern zwei Blumen als Töchter.

Sie macht sich auf den Weg zum Flur der Dreizehner. Wie auf dem Fahrrad sind ihre Bewegungen langsam, beinahe schlafwandlerisch. Erst als sie außer Sicht ist, gehe ich zu meinem Klassenraum.

Jonas sitzt schon auf unserem üblichen Platz; ganz hinten, am weitesten von der Tür entfernt.

»Du siehst aus, als hättest du das Wochenende in einer freaking Kirche verbracht«, sagt er und beäugt meine bleichen Arme.

Ich ignoriere seinen Kommentar und stelle meinen Laptop und eine Wasserflasche auf den Tisch.

»Man verrottet, wenn man nicht genug Vitamin D kriegt. Die Knochen brechen, sobald man auch nur furzen muss.«

»Machst du dir wirklich Sorgen um meinen Vitamin-D-

Spiegel?«, frage ich. »Immerhin fahre ich im August für eine Woche nach Kreta.«

»Äh, hallo? Zählt unsre Tour nicht?«

»Meinst du diese kleine Pupstour mit dem Rucksack?«

Jonas schlägt nach mir.

Veronica dreht sich zu uns. »Denkt dran, in der Mittagspause haben wir ein Treffen, um das Wagenschmücken zu besprechen.« Sie tippt mit dem Zeigefinger neben ihre kleine, runde Nase und grinst so breit, dass ihre Brillengläser wippen.

Gleich als Veronica vor Weihnachten in unsere Klasse kam, hat Jonas gesagt, dass sie 'nen guten Vibe hat. ›Sie ist noch durchgeknallter als ich‹, sagt er immer. ›Das sieht man einfach.‹ Ich bin dann auf den Namen ›Veronicaraptor‹ gekommen. Nicht, weil sie aussieht wie ein Dinosaurier, aber wenn sie mit ihren lila Crocs durch die Flure schlappt und sich den Erstbesten krallt, der ihr in die Quere kommt, erinnert sie doch an einen.

»Ich werde da sein«, sage ich und zwinge mich, zurückzulächeln.

»Das gilt auch für dich, Jonas.« Veronica zeigt auf ihn, bevor sie sich wieder umdreht.

»Selbstverständlich, Süße«, flüstert Jonas mir zu, während er auf die Locken in Veronicas Nacken starrt.

Ich knuffe ihn. »Versuch einfach, dich wie ein normaler Mensch zu benehmen, ja?«

»Das ist schwer.«

Das ist *wirklich* schwer für meinen besten Freund, glaube ich. Als ich ihn vor neun Monaten am ersten Schultag kennenlernte, stand er mitten in der Mensa, in Bermuda-Shorts mit Hawaii-Muster und mit seinem abgewetzten gelben Anglerhut, den er bei jedem Wetter trägt, weil er seinem Vater gehört hat.

»Machst du dir auch ernsthafte Sorgen um die mangelnde Diversität in diesem Raum?«, waren seine ersten Worte an mich, aber schon als er den Mund öffnete, hatte ich verstanden, dass er einzigartig war.

In der Mittagspause gehen wir runter und setzen uns in der »Badewanne«, wie wir unsere Mensa getauft haben, an den Tisch, an dem die Elfer immer sitzen. Wir haben auch ein »Waschbecken«, die Mensa im ersten Stock, aber die ist nur für die Abiturienten, die von oben Krümel auf uns herabrieseln und leere Limoflaschen auf unsere Köpfe fallen lassen. In der ersten Woche haben sie mit Remoulade rumgespritzt und Jonas mit einem fetten Strahl im Nacken erwischt. Er sagt, dass man das Gefühl von klumpigen Mixed Pickles, die einem den Rücken runterlaufen, nie vergisst.

»Können mich alle hören?« Veronica macht es sich im Schneidersitz auf dem Tisch bequem.

Es gibt eine Sache an Veronica, für die sie einem ein bisschen leidtun kann, und das ist ihr verzweifelter Versuch, sich beliebt zu machen, indem sie Aufgaben übernimmt, um die sich sonst niemand reißt: Geld einsammeln, nach dem Hausaufgabencafé aufräumen, lauter so Nervkram. Jetzt geht es um unsere Aufgabe als Elfer, die Wagen für den Abi-Umzug am letzten Schultag zu schmücken. Bis dahin ist es noch mehr als einen Monat hin, aber natürlich legt Veronica jetzt schon los.

»Wir treffen uns um halb neun draußen bei den Wagen«, sagt sie mit lauter und klarer Stimme. »Alle geben mir spätestens bis zum Zwanzigsten fünfzehn Kronen, dann kümmere ich mich um Luftballons und Girlanden. Wenn alle da sind, ziehen ein paar los und sammeln Buchenzweige. Die anderen können Frühstück besorgen. Und wenn alle ein paar Müllsäcke für die Zweige mitbringen, wär das echt cool.«

»Kannst du dich nicht gleich auch um die Müllsäcke und ums Frühstück kümmern?«, fragt Isak und wippt gähnend auf seinem Stuhl. »Ist es nicht ungefähr hundertmal leichter, wenn einer alles übernimmt?«

Veronicas Wangen laufen hellrot an.

»Sieht sie aus wie deine kleine Helikoptermutti?«, fragt Jonas, woraufhin Isak etwas Unverständliches murmelt.

Mein Telefon brummt in der Tasche. Unter dem Tisch checke ich meine Nachrichten.

KANNST DU KURZ KOMMEN?

Ich stoße Jonas in die Seite, flüstere »Bin gleich wieder da«, und dann gehe ich hoch, zu den Mädchentoiletten im ersten Stock. Sie schreibt immer von dort. Ich schließe die Tür hinter mir. Von den drei Kabinen ist nur eine zugesperrt.

Ich klopfe leise dagegen. »Lilie? Ich bin's.«

Sie öffnet. Dann schließt sie die Tür hinter uns und setzt sich auf die abgenutzte Klobrille.

»Ich halt's hier nicht aus.« Sie schaut aus großen, schon feuchten Augen zu mir auf.

In meinem Bauch ist ein Knoten, der sich nie löst. Er lebt einfach da, ist vor mehreren Jahren dort eingezogen. Jetzt zieht er sich zu.

»Soll ich dich nach Hause bringen?« Ich hocke mich vor sie, nehme ihre Hand, die schlapp in meiner liegt. »Kannst du die restlichen Stunden ausfallen lassen?«

Schon in der Elften hat Cecilie eine schriftliche Verwarnung für ihre Abwesenheiten kassiert und ist zusammen mit unseren Eltern zu einem Gespräch eingeladen worden. Seitdem zeigen die Lehrer ein gewisses Verständnis, was die Abgabefristen für Hausarbeiten angeht, aber nicht, was die Unterrichtszeit betrifft. Mama und Cecilie sprechen täglich über ihre Fehlzeiten, sie rechnen und rechnen, wie viel Cecilie noch verpassen darf, ganz genau, wie viele Physik-, Dänisch- und Sportstunden sie ausfallen lassen kann, bevor die Strafe heißt: ›Nachprüfung in allen Fächern‹.

»Ich bekomme … keine … keine … Luft.« Cecilie atmet in kurzen Stößen.

»Soll ich Mama anrufen?«

»Ich weiß … nicht.«

»Okay. Willst du lieber …«

Sie beißt sich auf den Knöchel. Ich kann ihr fast ansehen, wie sie sich im Kopf die Worte vorspricht, von denen sie mir mal erzählt hat: ›Nicht kotzen, nicht umkippen, keine Szene machen.‹

»Atme tief ein«, sage ich und nehme ihr die Hand aus dem Mund. »Ich ruf Mama an.«

Sie schnappt zweimal nach Luft, dann atmet sie normal

weiter. Jetzt sitzt sie bloß völlig still auf der Klobrille und starrt ins Nichts, während ich aufstehe, das Handy hervorkrame und wähle.

»Hey, Astrid? Ist Cecilie okay?«

Unsere Mutter ist ein hoch entwickeltes Radar, das Unwetter aus weiter Entfernung erkennt.

»Ihr geht's nicht so gut.«

»Kannst du sie beruhigen?«

Ich schiele zu meiner Schwester. »Ich glaube nicht.«

»Versuch, sie dazu zu bekommen, ein paarmal richtig tief durchzuatmen. Könnt ihr kurz rausgehen, bevor die nächste Stunde anfängt?«

Cecilie fängt wieder an, nach Luft zu schnappen.

»Mama, ich glaube, du musst sie abholen.«

Ich kann hören, wie Mama ihre Sachen zusammenpackt. Kaffeetassen klappern, Papier raschelt, ihre Schritte im Flur.

»Okay, ich fahre sofort los, wartet draußen auf dem Parkplatz auf mich.«

Ich lege das Telefon zur Seite und gehe wieder vor Cecilie in die Hocke. Nehme ihre Hand und drücke sie. »Mama kommt gleich. Hast du deine Sachen noch in der Klasse?«

Sie nickt und wischt sich die Tränen von den Wangen.

»Okay, ich hol sie. Bin gleich wieder da. Dann gehen wir zusammen raus zu Mama.«

Cecilies Klassenzimmer ist leer. Alle sind im Waschbecken, und die meisten haben ihre Taschen mitgenommen. Cecilies Sachen liegen in einer Ecke auf dem Boden: ihr Rucksack, die verschlissene Jeansjacke. Als ob sie sich nicht mal einen Platz gesucht hätte.

Während ich ihre Sachen zusammenpacke, frage ich mich, wie lange sie auf dem Klo gesessen hat. Ob sie nicht mehr geschafft hat, als um acht Uhr morgens ihre Sachen abzulegen, bevor alles zu viel wurde. Manchmal kriegt sie sich schnell wieder unter Kontrolle, sagt sie, wenn sie ihre Atemübungen macht. Aber jetzt ist es schon nach zwölf.

Auf dem Weg aus der Tür stoße ich fast mit zwei Jungs aus der Klasse meiner Schwester zusammen. Der eine ist Fillip, ein rothaariger Typ mit einem Piercing in der Augenbraue, der bestimmt keine Ahnung hat, dass ich Cecilies kleine Schwester bin.

Der andere ist einer, den ich mal gut kannte.

Kristoffer Boldsen.

›Dein Ex-Nachbar‹, wie Jonas ihn getauft hat, nachdem ich ihm von der Zeit erzählt hatte, als Cecilie, Kristoffer und ich Tür an Tür wohnten und Spielkameraden waren, bevor er vor sieben Jahren nach Nuuk auf Grönland zog. Ich fand schon immer, dass er besonders wirkt, mit den dunklen Haaren, die er von seinem grönländischen Vater geerbt hat, und den dunkelblauen Augen, die er von seiner Mutter hat. Es ist bloß ein Jammer, wie sehr er ausstrahlt, dass er ganz genau weiß, wie gut er aussieht.

»Hey«, sagt er und macht einen Schritt zur Seite, womit er gerade noch vermeidet, dass wir im Türrahmen zusammenstoßen. Dann ergänzt er meinen Namen wie eine kleine zusätzliche Überraschung: »Astrid?«

Ich habe mich immer noch nicht daran gewöhnt, dass seine Stimme so tief und anders geworden ist. Es ist ein Jahr her, dass er mit seiner Mutter nach Dänemark zurückgekehrt ist, nachdem sich seine Eltern getrennt haben, und er grüßt immer, wenn wir uns auf dem Flur begegnen. Er scheint zu glauben, dass er mir diese Aufmerksamkeit schuldet.

»Hi«, antworte ich.

Ich bin nicht blöd, ich sehe genau, wie Fillip Kristoffer anstößt, weil er jemanden grüßt, der Brüste hat.

»Was machst du hier?« Kristoffer beäugt die Tasche und die Jacke in meinen Händen, grinst, fragt: »Bist du auf Diebestour?«

»Was geht dich das an?«

»Uuh«, sagt Fillip und zieht die Augenbraue mit dem Piercing hoch, während ich mich an ihnen vorbei durch die Tür drücke. »So lässt du sie mit dir reden? For real?«

Schnellen Schrittes gehe ich zu den Toiletten, wo Cecilie auf mich wartet. Ich stütze sie, führe sie an der Mensa vorbei raus in die Sonne, auf den Parkplatz.

»Möwen sind Psychopathen«, sage ich, während wir warten und in den Himmel starren. Die weiß-grauen Vögel kreisen über den Autos, als ob sie einen toten Fisch zwischen ihnen entdeckt hätten. »Hast du schon mal einer Möwe in die Augen geschaut? Die sind wie tot. Möwen sollen außerdem die untreusten Vögel der Welt sein.«

Ich werfe Cecilie einen schnellen Blick zu. Ihr Gesicht ist ganz weiß.

»Soll ich besser still sein?«, frage ich. »Willst du dich lieber hinsetzen?«

»Stehen ist okay«, sagt sie. »Aber still.«

»Dann bleiben wir stehen«, sage ich und nehme ihre Hand.

3

Als ich zurück in die Badewanne komme, ist das Treffen zu Ende. Jonas nagt an einem Sandwich und unterhält sich mit Veronica, sodass ich ihm auf die Schulter tippen muss, damit er mitkriegt, dass ich mit ihm reden will.

Wir entfernen uns ein Stück, gehen zum Kaffeeautomaten.

»Ich muss unser Treffen heute leider absagen.«

»What?!? Aber wir wollten doch unsere Tour planen?!?«

»Sorry. Ich weiß.« Ich ziehe einen Kaffee mit Milch und biete Jonas an, ihm auch einen zu kaufen, aber er sagt, dass er so schnell wie möglich zu seinem Sandwich zurückwill, und außerdem wirkt er sauer, beinahe gekränkt.

»Es ist nur, weil es Cecilie wirklich scheiße geht. Ich musste Mama anrufen, sie hat sie gerade abgeholt.«

»Was hat Cecilie denn?«, fragt er, obwohl er das ganz genau weiß.

»Wie immer halt«, sage ich, habe keine Lust, näher darauf einzugehen.

»Ist sie da nicht drüber weg?«

»Man kommt nicht einfach so über Angst *weg*«, sage ich. »Echt jetzt.«

»Aber es ging ihr doch besser?«

Jonas hat recht. Als ich ihn letzten Sommer kennengelernt habe, war meine Schwester in einer okayen Phase. Dafür war der Winter schlimm. Zuerst kam Ende November die Notenübersicht, die zu einem Zusammenbruch geführt hat, weil Cecilie sich in vier Fächern um eine Note verschlechtert hatte. Dann folgte die Facharbeit, die sie nur deshalb rechtzeitig abgegeben hat, weil Mama jeden Abend mit ihr am Computer saß. An den meisten Tagen war Cecilie einfach wie ausgeknipst, wenn sie aus der Schule kam, wurde zu einem schwarzen Bildschirm im Ruhezustand, machte nichts anderes, als in ihrem Zimmer zu liegen, zu schlafen und noch mehr zu schlafen und ab und zu nach ein paar Knäckebroten mit Käse zu fragen. Als der Frühling kam, wurde es etwas besser. Aber nun sind wir hier.

»Ja«, sage ich. »Es ging ihr besser. Aber jetzt nicht mehr.«

Jonas kaut an seinem Fingernagel. »Kann sich nicht deine Mutter heute um sie kümmern?«

»Die Stimmung ist normaler, wenn wir zu dritt sind.«

»Erklär's mir«, sagt er und guckt wieder so sauer, dass es nicht zu der knallgelben Farbe seines Anglerhuts passt.

Ich nehme einen schnellen Schluck Kaffee, verbrenne mir die Zunge, bevor ich erkläre: »Wenn Mama sich freinimmt und die zwei zu Hause sitzen, das ist so … so, als ob jemand krank wäre. Unnatürlich. Wenn ich auch da bin, fühlt es sich normaler an, alltäglicher.«

Ich kann Jonas ansehen, dass er das nicht versteht. Dass ein Teil von ihm es nicht verstehen will.

»Wir könnten uns vielleicht Donnerstag treffen?«, schlage ich vor.

»Was, wenn sie am Donnerstag auch Angst hat?«

»Sei fair«, sage ich.

»Okay. Dann Donnerstag.« Sein Blick wandert runter in die Badewanne. Sicher hält er nach Veronika Ausschau.

»Ich denke, es liegt daran, dass die Prüfungen bald losgehen«, sage ich, weil ich wirklich gern will, dass Jonas es versteht. »Sie schläft auch total schlecht.«

»Gegen Prüfungsangst kann man was tun«, sagt er. »Kann der Arzt ihr nicht irgendwelche Betablocker verschreiben?«

»Niemand verschreibt einfach so Betablocker. Das löst doch nichts.«

»Kann sie nicht irgendwelche Medikamente bekommen?«

»So einfach ist das nicht.«

»Na«, sagt er, »jedenfalls flippe ich auch aus und bekomme einen Anfall, wenn wir nicht bald mal wieder zum Hafen gehen und ich ein Eis und eine Psychoanalyse von meiner Lieblingstherapeutin kriege.«

Den ganzen Herbst über hat Jonas in einer ernsten Krise gesteckt, weil er sich so ›semi‹ in Stephanie aus unserer Parallelklasse verknallt hatte, die dann aber auf dem Schulball total besoffen allen erzählt hatte, sie sei sich sicher, Jonas stünde auf Jungs. Im Januar und Februar ging es ihm besser, nachdem sie ihn umarmt und erklärt hatte, dass sie gern mit ihm befreundet sein wollte. Das hatte ihn wirklich aufgemuntert, bis er herausfand, dass sie schon seit November heimlich etwas mit Isak aus unserer Klasse laufen hatte.

»Ich dachte, wir hätten das meiste gelöst?«, frage ich. »Hatten wir nicht vereinbart, dass du bis nach den Sommerferien völlig in dir selbst ruhen wolltest?«

Er wirft mir einen bösen Blick zu. »Du riskierst, dass ich mir eine andere Therapeutin suche.«

»Deine Drohungen sind immer so niedlich.«

»Ich mein ja bloß.«

Als ich nach Hause komme, geht es Cecilie schlechter.

Schlechter, nicht besser.

Sie liegt im Bett, die Decke eng um sich geschlungen. Ihre Augen sind geschlossen. Sie hat sich ihren alten zerliebten Teddy, der in Wirklichkeit ein Elefant ist, unters Kinn geklemmt. Ihre Atemzüge sind tief, aber ab und zu fährt ein heftiges Zucken durch ihren Körper. Eine Zeit lang stehe ich einfach nur da und starre sie an. Meine Augen wandern zu dem Poster über ihrem Bett, das ich ihr vor so vielen Jahren zum Geburtstag geschenkt habe, dass Mama es damals noch für mich besorgt hat. Inzwischen sind die Ränder eingerissen. Pu der Bär und Ferkel halten sich an den Händen, und darunter steht in schiefen Buchstaben in einer witzigen Schrift etwas davon, dass man mutiger ist, als man meint, stärker, als man scheint, und klüger, als man denkt.

Ich gehe zu Mama in die Küche.

»Wir lassen sie einfach schlafen. Sie ist ständig so müde.«

»Außerdem hat sie Rückenschmerzen«, sage ich.

»Ja, ich weiß.« Mama nimmt die Lesebrille ab, reibt sich

die Augen. Sie sitzt vor ihrem aufgeklappten Laptop, hat jede Menge Papier über den Tisch verteilt, daneben stehen ein Glas mit Vitamintabletten und eine benutzte Joghurtschale von heute Morgen. Es kommt öfter vor, dass Mama Arbeit aus dem Büro mit nach Hause bringt, um bei Cecilie sein zu können. Es kommt beinahe schon so lange vor, wie ich denken kann.

»Wir haben für nächste Woche einen Termin bei Bruuns vereinbart«, sagt Mama. »Bei einer neuen Psychologin.«

»Arbeitet Kirsten nicht mehr dort?«

»Doch, aber das im Winter war ja eine ziemlich festgefahrene Situation zwischen den beiden.«

›Das im Winter‹ war, als Cecilie Mama und Papa davon überzeugt hatte, dass sie allein mit dem Zug zu ihren Terminen fahren könne. Und dann rief Kirsten nach dem zweiten Treffen an und fragte Mama, ob ein Missverständnis vorliege und ob sie die Stunden nicht zumindest trotzdem bezahlen würden, Cecilie sei jedenfalls nicht aufgetaucht.

»Ich hab stattdessen mit einer anderen gesprochen, Nanna heißt sie. Sie ist jung, vielleicht ist das besser.« Mama taucht wieder in ihre Papiere ab, bleibt dort aber nur einige Sekunden, bevor sie aufschaut. »Wärst du so lieb und würdest mir helfen, Cecilie rechtzeitig aus dem Haus zu bekommen?«

»Ja«, sage ich. »Klar.«

»Wir müssen Montag um 16 Uhr dort sein.« Sie fährt sich mit einer Hand durchs Haar. »Und jetzt muss ich hier ein paar Dinge regeln, bevor ich vor Stress umkomme.«

Ich setze mich mit einem Buch ins Wohnzimmer. Versuche, nicht daran zu denken, dass Jonas auf die Idee gekommen sein könnte, Veronica an meiner Stelle mit zum Hafen zu nehmen. Ich sehe aus der Vogelperspektive vor mir, wie die lilafarbenen Crocs und der gelbe Anglerhut zwischen Eisdielen und Segelbooten herumschlendern.

Nach anderthalb Stunden ruft Cecilie. Ich gehe zu ihr. Mama eilt aus der Küche herbei und erreicht die Bettkante zuerst. Sie setzt sich und streicht meiner Schwester über die Haare. »Geht es dir besser, Schatz?«

»Ein bisschen.«

Meine Schwester krümmt sich unter der Decke zusammen wie ein getretener Igel. Ich frage, ob sie Lust hat, irgendwas zu machen. Wir schauen den Film weiter, den wir gestern angefangen und schon mindestens zehnmal gesehen haben. Ich kraule ihre Kopfhaut, aber dann ist sie nach zwanzig Minuten schon wieder eingeschlafen. Und als es Abendessen gibt, will sie sich nicht mit an den Tisch setzen. Mama stellt einen Teller mit Reis und Fleischbällchen in Currysoße auf Cecilies Schreibtisch, falls sie später doch noch Hunger kriegt.

Während ich mit Mama und Papa am Abendbrottisch sitze, ruht Mamas Besteck neunzig Prozent der Zeit am Tellerrand. Sie spielt an ihrem Wasserglas herum, ohne daraus zu trinken, während sie zwischendurch Blicke auf die andere Tischseite wirft, wo mein Vater das Essen in sich hineinschaufelt.

»Ich musste Cecilie heute aus der Schule abholen«, erzählt sie schließlich. »Sie war völlig außer sich. Hat geweint und gezittert, als wir nach Hause kamen.«

»Was ist denn passiert?«, fragt Papa, als ob es eine logische Antwort auf diese Frage gäbe.

Mama schaut mich an.

»Sie hat mir geschrieben«, sage ich. Füge mit vollem Mund hinzu: »Von der Mädchentoilette aus.«

»Sie schläft im Moment furchtbar schlecht«, ergänzt Mama. »Sie klagt auch wieder über Rückenschmerzen und sagt, dass sie keine Luft bekommt, wenn sie aufwacht. Ich finde, wir sollten einen Arzttermin machen. Er soll ihre Lunge abhören und sie beruhigen.«

»Mit ihrer Lunge ist alles in Ordnung«, sagt Papa.

»Wir müssen sie ernst nehmen, wenn sie sagt, dass sie Schmerzen hat.«

»Es ist *unsere* Aufgabe, ihr zu erklären, dass ihr körperlich nichts fehlt, wir können dem Arzt nicht seine Zeit stehlen.«

»Es ist der Prüfungsstress«, sagt Mama, als ob sie ihn nicht gehört hätte. »Das wird eine harte Zeit. Ich weiß nicht, wie wir sie da durchbekommen sollen ...«

Papa stopft sich ein Fleischbällchen in den Mund, kaut schnell fertig. »War da nicht was mit einer neuen Psychologin?«

»Doch«, sagt Mama. »Der erste Termin ist am Montag.«

Er nickt mehrmals vor sich hin, als ob das Antwort genug darauf wäre, was wir mit Cecilie tun sollen. Dann sagt er: »Und weshalb lässt du sie in ihrem Zimmer bleiben, statt dass sie mit uns zu Abend isst?«

»Sie ist müde.«

»Das hier hilft ihr bestimmt nicht.«

»Was meinst du damit?«

»Es ist wichtig, dass wir Regeln festlegen«, sagt er. »Abends essen wir in der Küche. Zusammen. Als Familie. Es hilft nicht, wenn wir sie behandeln wie eine trotzige Dreijährige.«

»Dann geh du doch und zwing sie.« Mama hebt das Wasserglas an den Mund und trinkt ein paar hastige Züge. »Das, finde ich, solltest du dann tun.«

Papa wirft Mama einen langen Blick zu, so einen, mit dem er eine Mauer errichtet. Dann isst er weiter.

Ich hab mal eine Doku-Serie über krebskranke Kinder gesehen. Die Eltern waren so was von in der Krise und so was von präsent. Hielten ihre Kinder im Arm. Küssten sie und versicherten ihnen, dass sie das schon alles hinbekommen würden. Alle in diesen Familien weinten und umarmten sich, wenn es schlechte Neuigkeiten gab, und es war wirklich total schrecklich, aber irgendwie fühlte es sich so an, als hätten sie etwas, das wir nicht haben.

Ich weiß nicht, wie es sich anfühlt, ein Kind wie Cecilie zu haben. Vielleicht ist es manchmal peinlich. Oder unmöglich zu verstehen. Vielleicht wäre es leichter für meine Eltern, wenn meine Schwester mit Schläuchen in der Nase in einem Krankenhausbett läge.

4

»Stück mal ’n Rück, dann ist Platz für alle!« Veronica stößt Jonas an, sodass ihm nichts anderes übrig bleibt, als auf der Bank weiterzurutschen, und plötzlich sitze ich nicht mehr meinem besten Freund, sondern dem Veronicaraptor gegenüber. Sie öffnet eine pinkfarbene Brotdose und holt ihr Essen raus. Zwei Scheiben Schwarzbrot mit einer Scheibe Käse, die schwitzig aussieht und selbst aus der Entfernung wie eine alte Turnmatte riecht.

»Was meint ihr, in welchen Fächern wir drankommen?«, fragt sie, bevor sie ein ordentliches Stück von der Klappstulle abbeißt.

Das ist eine völlig idiotische Frage. Als ob es interessant wäre, zu *überlegen,* in welchem Fach wir geprüft werden, wo die Einteilung doch erst Montag veröffentlicht wird.

»Ich hab ein blödes Gefühl, was Sozialkunde angeht«, sagt Jonas.

»Ich auch!«

Natürlich hat sie das.

»Und du, Astrid?«, fragt sie, nachdem sie zu Ende gekaut hat.

»Ist mir egal.«

»Echt?«, fragt sie.

»Astrid tut immer so cool«, meint Jonas. »Aber in Bio hat sie gar nichts drauf.«

Ich will gerade antworten, aber plötzlich starren beide über mich hinweg, auf irgendetwas hinter mir. Ich drehe mich um, gucke hoch.

Es ist Kristoffer. Er steht so nah hinter mir, wie normale Menschen es einfach nicht tun.

»Wo hast du Cecilie gelassen?«, fragt er und schaut mich mit so einem Blick an, als könnte ich sie unter dem Tisch oder zwischen meinen Füßen versteckt haben.

Jetzt starren uns nicht mehr nur Veronica und Jonas an, sondern auch alle anderen Elfer am Tisch.

»Sie ist krank«, sage ich.

Ich weiß nicht, wie viel er mitbekommen hat, seit er zurück in Dänemark und in ihrer Klasse ist. Ob er überhaupt kapiert hat, womit sie kämpft, oder ob er bloß glaubt, sie würde fehlen, weil sie schwänzt, erkältet ist oder es ihr sonst nicht gut geht.

»Sie hat nicht auf meine Nachrichten geantwortet«, sagt er.

»Ich richte es ihr aus.«

Sein einer Mundwinkel verzieht sich ein bisschen nach oben, dann ein bisschen nach unten, so als ob er sich nicht entscheiden könnte, ob er lächeln soll oder nicht. »Du musst ihr nicht ausrichten, dass sie nicht auf meine Nachrichten antwortet. Das weiß sie selber.«

Keine Ahnung, ob es Jonas oder Veronica ist, aber jemand klingt so, als ersticke er vor Lachen.

»Es ist auch nicht so wichtig«, sagt Kristoffer. »Oder doch, das ist es.«

Wie, bitte, kann man sich so schnell umentscheiden?

»Sie hat versprochen, dass sie mir für Freitag 'ne Wasserpistole leiht.«

Der letzte Schultag mag cool sein, wenn man fünfzehn ist, die Mittelstufe überstanden hat und endlich vorwitzige Zwölfjährige mit Rasierschaum besprühen darf. Aber Freitag geht es um Leute, die eigentlich auf dem besten Weg sein sollten, erwachsen zu werden, und die uns mit einer Mischung bespritzen werden, die wahrscheinlich zu gleichen Teilen aus Pisse, Wasser und Bier besteht.

»Ich kann sie dir morgen mitbringen«, schlage ich vor. »Wenn es darum geht.«

»Nee.« Er zieht eine Grimasse. »Ich hab keine Lust, so einen großen neongrünen Motherfucker den ganzen Tag mit mir rumzuschleppen. Kann ich sie nicht einfach heute Abend abholen?«

In meinem Kopf läuft schon ein Film ab: Der Moment, in dem ich Cecilie erzähle, dass Kristoffer bei uns zu Hause auftauchen wird, seine Stimme, seine Präsenz, seine Fragen.

Ich sage: »Ich kann bei dir vorbeikommen.«

»Klar.« Er tritt ein paar Schritte zurück, während er grinst. »Dann machen wir 'ne schnelle Wasserschlacht.«

»You wish!«

Sein Grinsen wird breiter. »Hast du vergessen, wie oft du schon nackt durch unseren Garten gesprungen bist, während ich dich angespritzt hab?«

Ich starre ihn nur eiskalt an, und dann geht er zum Glück. Erst als ich mich zu Jonas und Veronica umdrehe, beginnen meine Wangen zu brennen.

»Das hat er nicht wirklich gesagt«, stöhnt Jonas.

Veronica betrachtet mich viel zu interessiert.

»Ich war mit ihm befreundet, als ich klein war«, erkläre ich und schaue sie direkt an. »For your information: Er ist immer am nassesten geworden.«

»Ja, damals!«, sagt Jonas grinsend.

Ich nehme einen großen Schluck aus meiner Flasche. »Er ist halt ein Idiot.«

»... den du heute Abend zu Hause besuchst«, ergänzt Veronica.

Mir fällt auf, dass ich nicht mal weiß, wo Kristoffer wohnt.

Ich schiebe mein Fahrrad ins Gartenhäuschen und mache mich auf die Suche nach der Wasserpistole. Sie liegt ganz hinten, auf einem Stapel alter Bretter, aus denen mein Vater schon vor mehreren Sommern einen Liegestuhl bauen wollte. Aber dann hat ihm das gefehlt, was in Papas Leben immer fehlt: Zeit.

Die Pistole ist voller Spinnweben und hat dunkle Flecken. Ich nehme sie mit in die Waschküche und wische sie mit einem feuchten Lappen ab, bis sie wieder ihrem alten neongrünen Ich ähnelt. Es ist das große Modell; fasst bis zu zwei Liter Wasser.

Wir hatten mal zwei davon, aber meine ist vor vielen Jahren kaputtgegangen, als ich mich über irgendwas geärgert habe und die Pistole auf den Boden warf, sodass der Wassertank zerbrach. Letztes Jahr durfte ich Cecilies für die Abschlussfeier der Zehnten leihen. Jetzt darf Kristoffer sie haben. Das bedeutet, dass meine Schwester schon entschieden hat, Freitag nicht dabei zu sein. Sie hat auch noch kein Wort zur Verkleidung gesagt, hat noch nicht mal in meinem oder Mamas Schrank nach alten bunten Klamotten gesucht, die sie dafür zerschneiden kann.

Ich fülle die Wasserpistole halb und teste sie an der Hausmauer. Jedes Mal, wenn ich pumpe, gibt sie einen dicken, konstanten Strahl von sich.

Als ich das Haus betrete, höre ich Stimmen aus dem Zimmer meiner Schwester. Mama ist heute nicht zu Hause geblieben, und weil auch die Einfahrt leer ist, bedeutet das, dass Cecilie Besuch hat.

Sie sitzen bei geöffneter Zimmertür zusammen und trinken Tee aus großen Tassen.

»Hi, Lilie«, sage ich. »Und hallo, Caro.«

»Hi, Astrid.« Carolines Nasenlöcher vibrieren ein kleines bisschen, als sie mir ein schnelles Lächeln zuwirft.

Mich hat die Freundin meiner Schwester immer schon an ein zerzaustes, ängstliches Eichhörnchen erinnert; rote Haare, wachsame Augen. Caroline ist, was meine Mutter ›ein gutes Mädchen‹ nennt, und das ist sie bestimmt, es gibt wahrscheinlich kein besseres Mädchen auf der Welt als sie, und trotzdem denke ich jedes Mal wieder, dass Cecilie niemals mit so einem halb toten Nagetier befreundet wäre, wäre sie sie selbst.

»Ich wollte nur schnell ein paar Zettel vorbeibringen, die wir heute bekommen haben«, sagt Caroline und erhebt sich halb, als ob sie gehen wollte, nur weil ich aufgetaucht bin.

»Bin schon wieder weg«, sage ich rasch.

Caroline sinkt zurück aufs Bett.

»Okay?« Cecilie schenkt mir eins ihrer guten Lächeln. Eins von den lebhaften. Als wollte sie mich ein bisschen necken. Als wollte sie sagen: ›Was hast du denn vor, Aster?‹

»Bin bald zurück.«

Eine schnelle Suche im Schul-Intranet ergibt, dass Kristoffer in ein Reihenhausviertel am anderen Ende der Stadt gezogen ist. Meine Beine beschließen, einen Umweg zu fahren: Erst rolle ich langsam Richtung Hafen, während die Nachmittagssonne meine nackten Arme wärmt. Dann fahre ich am Park vorbei, wo ich eine kurze Pause mache und die frei laufenden Hunde beobachte, die mit heraushängender Zunge über die Wiese rennen oder sich gegenseitig am Hintern schnüffeln.

Als wir klein waren, haben Cecilie und ich immer um einen Hund gebettelt. Aber Papa erträgt keine Hundehaare auf dem Sofa, und außerdem hat er wahrscheinlich eine Tierhaarallergie, deshalb wurde nie was daraus. Manchmal denke ich darüber nach, ob mit einem Hund alles anders gekommen wäre. Ich habe gelesen, dass die Liebe eines Haustiers angeblich alles Mögliche heilen kann: Kinderlosigkeit, Depressionen, Angst. Eigentlich komisch, dass die Liebe eines Menschen nicht dieselbe Kraft hat.

Als ich in dem Labyrinth kleiner, identisch aussehender

Backsteinhäuser ankomme, fahre ich noch ein bisschen auf und ab und ein paarmal an Nummer sechsunddreißig vorbei, bevor ich anhalte. Mein Fahrrad hat keinen Ständer, darum lehne ich es an eine Hecke und schließe es ab, bevor ich mir die Wasserpistole unter den Arm klemme und den Gartenweg entlanggehe. Mein Finger ist noch weit davon entfernt, auf der Klingel zu landen, als die Haustür in einer Bewegung aufgerissen wird.

Ich lasse meinen Blick über ihn wandern: graue Opa-Puschen, Jogginghose, ein T-Shirt mit nassen Flecken auf Bauchhöhe und ein kariertes Geschirrtuch, das er sich über die Schulter geworfen hat. Spülwasser tropft von seinen Fingern, und der Geruch nach Spülmittel erinnert mich an damals, als wir Seifenblasen über die Straße gepustet haben.

»Hi«, sagt er. »Ich dachte, du kommst erst heute Abend?«

»Heute Abend?«

»Ja, hatten wir das nicht so verabredet?« Er reißt sich das Geschirrtuch von der Schulter und trocknet sich die Hände daran ab, bevor er es zurück an seinen Platz wirft.

»Ich kann mich nicht daran erinnern, dass wir was verabredet haben.«

»Na ja, ich bin jedenfalls gerade dabei, den Abwasch zu machen«, sagt er, als ob mich das interessieren würde.

Ich strecke ihm die Wasserpistole entgegen. »Bitte schön.«

Er nimmt sie.

»Wer ist denn da?«, ruft seine Mutter aus dem Haus. Ich erkenne die Stimme sofort wieder.

»Ach, niemand!«, brüllt Kristoffer zurück, was mich irgendwie verletzt. Er tritt aus dem Türrahmen und zieht die Tür hinter sich zu.

»Geht es Cecilie besser? Kommt sie morgen wieder?«

Ich tue so, als würde ich wirklich darüber nachdenken, während ich einen kleinen Schritt zurücktrete. »Ich schätze schon.«

»Bis Freitag muss sie jedenfalls gesund sein«, sagt er. »Schließlich macht man nur einmal Abi.«

Ich sage: »Ihr macht doch nicht am Freitag Abi.«

»Es ist der erste Teil, der Kick-off sozusagen.« Er zählt auf: »Freitag letzter Schultag, dann Prüfungen, Zeugnisfeier, Abi-Umzug, Partys. Nicht zu vergessen die Überreichung der Studentenmütze.« Ergänzt dann: »Und tagelang besoffen sein.«

»Das kann man auch gut überspringen«, sage ich.

»Ja?«

Er lehnt sich leicht gegen die Tür. Ich muss aufpassen, nicht auf seine Hände zu starren und wie er die Wasserpistole hält. Nicht fest, nicht brutal, nein, beinahe sanft, als hielte er ein Baby gegen seinen Körper gedrückt. Als ich aufschaue und wieder seinem Blick begegne, guckt er mich an, als wäre ihm völlig klar, dass ich ihn gemustert habe.

»Also, bis bald.« Ich gehe rasch zu meinem Fahrrad. Als ich mich über meinen Sattel beuge, um das Rad aufzuschließen, trifft mich ein fetter Wasserstrahl im Nacken.

»Hey!« Mit einem Ruck drehe ich mich um.

Langsam lässt Kristoffer die Wasserpistole sinken. Dabei grinst er. So ein dämliches jungenhaftes Grinsen, das zwölf Jahre alt ist.

»Wollte nur sehen, ob du wach bist.«

»Ich *bin* wach!«

Er grinst immer noch. Dann spritzt er noch einen Strahl in meine Richtung. Diesmal schaffe ich es, rechtzeitig zur Seite zu springen, sodass mich das Wasser nur am Ellenbogen trifft.

»Hör sofort auf!«

»Hör du doch auf, dich so anzustellen«, sagt er. »Ist doch nur Wasser.«

Ich spüre einen warmen Druck hinter den Augen, was total bescheuert ist. Er benimmt sich einfach nur idiotisch und kapiert nicht, dass sich die Dinge geändert haben und wir keine Kinder mehr sind.

Hastig schließe ich das Fahrrad auf, ziehe es aus der Hecke.

»Hey ... Astrid –«

Bevor er weitersprechen kann, bin ich schon in den Sattel gesprungen und auf dem Weg nach Hause.

5

Am nächsten Tag komme ich um halb sechs nach Hause. Cecilie ist allein von der Schule heimgefahren, und Jonas und ich haben den Nachmittag genutzt, um unsere Tour zu planen. Wir haben Deutschland und Ungarn hinzugefügt, Berlin und Budapest. Als ich die Tür öffne, ist die Küche leer. Ich folge den Stimmen.

»Ich mach mir doch nur Sorgen, dass du es bereuen wirst, Schatz. Nur deshalb sag ich das.«

»Ich muss lernen.«

»Aber die Fächer werden doch erst Montag zugeteilt. Du weißt doch noch gar nicht, welchen Stoff du lernen musst.«

Ich lehne mich in den Türrahmen zu Cecilies Zimmer. »Worüber redet ihr?«

»Über die Party am letzten Schultag«, sagt Mama. Beide schauen kurz zu mir, dann wenden sie sich wieder einander zu.

»Können wir das Thema nicht einfach sein lassen?«

»Wie wäre es, wenn du zumindest kurz hingehst, vielleicht kannst du ...« Mama legt Cecilie eine Hand auf die Schulter, die Cecilie sofort wegschiebt, sodass die Hand einen Bogen durch die Luft beschreibt, bevor sie wieder im Schoß meiner Mutter landet.

»Warum musst du dich *immer* einmischen?«

Mama atmet tief und geduldig durch. »Du siehst so aus, als ob du für den Moment genug hättest. Das ist okay. Wir können später noch mal drüber sprechen.«

»Ich *will* aber nicht später drüber sprechen.« Cecilies Lid zuckt leicht, ein Tick, den sie schon hat, seit ich mich erinnern kann.

»Okay, entschuldige«, sagt Mama. »Lass uns nicht mehr davon reden.«

»Ich hab einfach keine *Lust* drauf«, sagt Cecilie und öffnet die Augen wieder ganz. »Wirklich überhaupt keine.«

»Tja, dann musst du natürlich nicht hingehen.« Mamas Stimme klingt müde, aber auch erleichtert. Als ob sie sich aus einem Kampf zurückzöge, der von vornherein zum Scheitern verurteilt gewesen ist. Jetzt streicht sie vorsichtig über Cecilies Hand, und diesmal wehrt sich meine Schwester nicht. »Schließlich geht es darum, einen schönen Tag zu haben.«

»Für mich ist das nicht schön, kein bisschen.«

»Das verstehe ich.«

»Und ich bin so erschöpft. Es ist wahnsinnig anstrengend, zum Unterricht zu gehen. Mein Rücken tut so weh, wenn ich auf diesen Stühlen sitze. Das ist die reinste Qual!«

»Jetzt ruh dich erst mal aus, Schatz.«

Mama geht raus in den Garten. Durch das offene Fenster hören wir sie mit den Gartenmöbeln rumpeln. Vielleicht hat sie es sich mit einer Tasse Kaffee gemütlich gemacht. Oder sie sitzt einfach nur da und starrt ins Leere. Tatsächlich denke ich das immer häufiger: dass Mama kurz davor ist zu zerbrechen, wie ein Stock, auf den man versehentlich tritt.

Ich bleibe bei Cecilie. Wir machen einen Film an. Sie schmiegt sich dicht an mich. Ihre Beine sind nackt und warm, sie drückt sie gegen meine.

»Hattest du es schön mit Jonas?«, fragt sie, als der Film schon zehn Minuten läuft, und ich dachte, sie wäre eingeschlafen.

»Mhm.«

»Glaubst du, eure Tour klappt?«

»Die Interrail-Pässe haben wir jedenfalls schon gekauft.«

»Also fährst du im Juli?«

»Es sind bloß vierzehn Tage. Aber …« Beinah hätte ich gesagt ›Das wird super‹. »Vielleicht kriegen wir es ja auch nicht hin. Vielleicht nehmen wir den falschen Zug und steigen in Russland aus und werden verhaftet, weil Jonas irgendwas Irres über Putin sagt.«

Sie lacht nicht, sie krümmt sich unter der Decke zusammen, als hätte jemand sie in den Bauch getreten. »Ich hasse mich wirklich.«

»So was darfst du nicht sagen.«

»Aber ich krieg echt nichts auf die Reihe.«

Mein Hirn arbeitet auf Hochtouren, um auf irgendetwas Nettes zu kommen, das ich sagen kann. Früher konnte sie gut backen und auf den Händen stehen, aber sie hat seit ihrem Geburtstag vor zwei Jahren nichts mehr gebacken und klagt schon seit Langem über Schmerzen, sobald sie sich bewegt.

»Du bist gut in Physik«, sage ich. »Und in Mathe.«

Sie verdreht die Augen. »Es fühlt sich einfach an, als wären Mama und Papa so mega-enttäuscht von mir.«

»Das sind sie nicht.«

»Und ich hasse es, wenn Mama sagt, dass ich etwas bereuen werde. Das hass ich echt! Als ob ich eine Wahl hätte.«

» ›Echt‹ sagst du in letzter Zeit ziemlich oft.«

Sie richtet sich etwas auf, grinst. »Ist halt ein echt gutes Wort.«

»Kristoffer hat sich übrigens deine Wasserpistole ausgeliehen.« Ich hätte ihr das gestern schon erzählen sollen, aber aus irgendeinem Grund brauchte ich ein wenig Anlauf.

»Ah, Fuck!«, sagt sie. »Ich hab ganz vergessen, dass ich ihm das versprochen hatte. Wann hast du mit ihm geredet? War er sauer?«

»Warum sollte er sauer sein? Hast du ihn heute nicht in der Schule gesehen?«

»In der Schule reden wir nie miteinander«, sagt sie, als ob das völlig selbstverständlich wäre. »Aber an dem Tag, an dem ich zu Hause geblieben bin, hat er ein paar Nachrichten geschickt. Ich hab's nur nicht gleich geschafft zu antworten. Er steht irgendwie immer so unter Strom.«

»I know«, sage ich und denke an den Wasserstrahl in meinen Nacken.

»Ich kenn ihn gar nicht mehr richtig. Er hängt mit den ganzen Idioten rum, die ständig auf Partys gehen und sich betrinken. Als sie damals weggezogen sind, war er nicht so oberflächlich, oder?«

»Wahrscheinlich habt ihr euch beide verändert«, sage ich.

»Aber er war doch nicht so, als wir jünger waren, oder?«

»Ein bisschen wohl schon«, sage ich. »Aber wahrscheinlich ist er bloß ziemlich unreif, ziemlich … kindisch. So halt. Und das wird jetzt vielleicht deutlicher als früher.«

»Ja. Kindisch. Gutes Wort«, sagt sie, während sie versucht, mit den Fingernägeln eines meiner langen Haare von ihrer Zunge zu entfernen, das sich in ihren Mund verirrt hat.

»Echt kindisch«, wiederhole ich.

6

Es ist nicht mein Wecker, der mich am nächsten Morgen weckt. Es ist Weinen. Wenn man seine Schwester schon so oft in seinem Leben hat weinen hören wie ich, kann man das Geräusch in Kategorien einteilen: Weinen wegen der Schule, Weinen wegen Familienfeiern. Weinen, das gehört werden, und Weinen, das allein sein will.

Dieses hier kommt aus der Küche. Ich stehe auf, gehe durch den Flur, stoße die Tür auf.

Mama hockt vor Cecilie auf dem Boden. Meine Schwester krümmt sich auf einem Küchenstuhl zusammen. Papa steht in Unterhose und Hemd im Raum und nestelt an seiner Krawatte. Als er mich entdeckt, sagt er »Guten Morgen«, in einem Tonfall, der den Gruß wie ein Schlag klingen lässt, geht dann an mir vorbei in den Flur, verschwindet im Bad und zieht die Tür hinter sich zu.

Meine Schwester hebt den Kopf von den Knien und guckt mich an. Ihre hellen Augenbrauen ziehen sich fast bis zum Haaransatz hoch und treffen sich in einem weichen Bogen der Verzweiflung in der Mitte ihrer Stirn.

»Ich würde so gern dabei sein«, sagt sie und schluckt etwas, das sich wie zwei bis drei Mundvoll Luft anhört.

»Bei der Feier heute zum letzten Schultag?«

Die Antwort auf meine Frage liegt natürlich auf der Hand. Andererseits ist es noch keine vierundzwanzig Stunden her, dass Cecilie noch nicht einmal darüber reden wollte hinzugehen, insofern ist es vielleicht doch nicht so klar.

»Ich würde zumindest gern versuchen hinzugehen.« Mit dem Handrücken wischt sie etwas Glänzendes von ihrer Wange und reibt dann die Hand an ihrem T-Shirt sauber. »Ich will es gern *versuchen*«, wiederholt sie.

»Bist du dir sicher?« Mama hockt immer noch vor meiner Schwester.

»Nein, ich bin mir nicht sicher.« Cecilie verbirgt ihr Gesicht wieder hinter ihren Knien. »Und Papa ist echt sauer!«

»Papa ist nicht sauer. Er will dich nur beschützen. Das versucht er, so gut er kann.«

»Aber er versteht mich nicht!«

»Ich versteh dich gut. Es ist nicht so einfach, wenn man etwas richtig gerne will, aber das Gefühl hat, es nicht zu können.«

»Es ist so ungerecht!«

»*Echt* ungerecht!«

Unsere Mutter würde eine gute Verhandlungsführerin bei einem Geiseldrama abgeben. Aber jetzt, glaube ich, fängt sie an zu verstehen, was mein Vater und ich längst verstanden haben: dass heute keiner der Tage ist, an denen es Cecilie gelingen wird, aus dem Haus zu kommen. Sie zittert am ganzen Körper. Ihr Gesicht ist ganz fleckig von Anstrengung und Tränen.

»Du solltest das tun, wonach du dich heute fühlst«, sagt Mama. »Vergiss, was Papa gesagt hat. Was brauchst *du* heute?«

Cecilie: »Das weiß ich nicht!«

Aber alle hier im Haus können sehen, was sie braucht. Mein Vater schafft es nur nicht, das Schauspiel weiterzuverfolgen, deshalb ist er im Bad verschwunden.

»Komm«, sagt Mama. »Ich bring dich zurück ins Bett. Du bist todmüde.« Sie wirft mir einen leidenden, mitfühlenden Blick zu. »Cecilie liegt seit vier Uhr wach.«

»Halb vier«, jammert meine Schwester. »Und ich kann nicht schlafen! Ich kann einfach nicht! Aber ich bin so müde.«

Mama bringt sie in eine stehende Position. »Wenn du Lust hast loszugehen, wenn du ausgeschlafen bist, kannst du Astrid doch immer noch schreiben. Dann holt sie dich ab. Und dann könnt ihr zusammen gehen. Stimmt's, Astrid?«

»Klar«, sage ich. »Schreib mir einfach.«

»Siehst du«, sagt Mama, während sie Cecilies Arm unter ihren klemmt und sich in Bewegung setzt. »Es findet sich schon eine Lösung. Wenn du Lust hast, später hinzugehen, kannst du das immer noch tun.«

Mein Körper fühlt sich schwer an, während ich in die Pedale trete, ich komme beinahe nicht von der Stelle. Das Weinen meiner Schwester ist ein feuchter, schwerer Sumpf, in dem ich feststecke, und ich ertrage den Gedanken nicht, dass sie heute nicht dabei ist. Dass sie ihren letzten Schultag verpasst.

Was wird sie sonst noch verpassen? Das ist etwas, worüber ich in letzter Zeit immer öfter nachdenke.

Wie das Leben meiner Schwester wohl sein wird.

Ob es überhaupt etwas sein wird.

Als ich die Allee mit den Kirschbäumen hinunterrolle, entdecke ich meinen besten Freund. Er steht wartend vor der roten Backsteinmauer und tippt auf seinem Handy herum. Sein Anblick verbessert meine Laune immer. Aus der Entfernung erinnert er mit seinem gelben Anglerhut, dem roten T-Shirt mit der Aufschrift *I don't give a fuck about your diet, Susan* und den hellgrünen Sneakers an eine Ampel.

»Bist du bereit, Pisse in den Nacken zu kriegen?«, fragt er, blinzelt gegen die Sonne und rückt seinen Hut zurecht.

»So was von bereit.« Ich schiebe mein Rad neben ihm Richtung Fahrradständer.

»Kommt Cecilie heute?« Er fragt in einem Tonfall, von dem er sich einbilden muss, dass er beiläufig klingt.

Ich stelle das Fahrrad ab und beuge mich über das Schloss, während ich antworte. »Nein.«

»Oh, ein Glück!«, sagt er. »Dann landen wir wenigstens nicht im Löschteich.«

»Als ob sie dich jemals irgendwohin gezerrt hätte.«

Wir steuern auf den Haupteingang zu. In diesem Moment biegt ein alter Volvo auf den Parkplatz. Noch bevor der Wagen steht, öffnet sich die Beifahrertür. Das Erste, was sich aus der offenen Tür schwingt, ist ein Paar lilafarbener Crocs. Dann kommt die restliche Veronica zum Vorschein. Jonas neben mir ist zur Salzsäule erstarrt. Ich gehe zwei Schritte vor, um ihn zum Weiterlaufen zu animieren, aber er rührt sich nicht.

»Meinst du, sie hat noch mehr Crocs zu Hause?«, fragt er. »Vielleicht in … Gelb?«

»Woher soll ich das wissen? Komm jetzt.« Ich zerre an seinem Arm. Endlich setzt er sich wieder in Bewegung, aber er starrt immer noch zum Parkplatz, und ich tue es ihm gleich. Veronica winkt uns zu, bevor sie sich zum Autofenster hinabbeugt und etwas zum Fahrer sagt, sodass uns nichts anderes übrig bleibt, als auf ihren Hintern zu starren, der in etwas zu weiten Jeans steckt, die sie wie immer bis zum Bauchnabel hochgezogen hat. Dann kommt sie uns in einem Tempo entgegen, das so berechnet ist, dass wir mit zentimetergenauer Präzision vor dem Schuleingang mit ihr zusammenstoßen werden.

Heute setzt sie sich nicht wie üblich vor uns, sondern neben uns, ganz nach hinten.

Wir sitzen so: ich, Jonas, Veronica.

Während sie die Bücher aus ihrer Tasche holt, mustere ich sie heimlich. Sie zupft sich eindeutig nicht die Augenbrauen, aber sie hat wirklich gute Haut, ist der Typ, der nur ein paar niedliche Sommersprossen auf der Nase bekommt. Ihre Brille, die lilafarbenen Crocs und ihr eigentümlicher Kleidungsstil wirken wie die bewusste Sabotage von etwas, das total okay sein könnte. Sie ist ein echtes Rätsel. Plötzlich dreht sie sich zu mir, als ob sie meinen Blick gespürt hätte.

»Denkst du über dasselbe nach wie ich?« Sie runzelt

die Stirn und blickt an sich hinunter, dann sagt sie lachend: »Sieht so aus, als hätten wir vergessen, was Weißes anzuziehen.«

Nikoline und Fillippa tragen enge weiße Blusen, eine eindeutige Einladung, sie zu packen und in den Löschteich zu werfen. Wir alle haben die Gerüchte gehört: dass die Jungs aus dem Abi-Jahrgang die Klassen nach weiß gekleideten Mädchen durchkämmen und sie in den stinkenden, veralgten See hinter der Schule schmeißen. Wenn die Mädchen dann wieder herauswaten, sind sie so durchnässt, dass sich die Wahl ihrer Unterwäsche offenbart. Es ist billig und erniedrigend, dass es Mädchen gibt, die diese Tradition unterstützen. Das zwingt uns, uns entweder als hirnlose Girlies oder als prüde Langweilerinnen zu outen.

»Wenn das meine Töchter wären, wäre ich wirklich stolz«, sage ich zu Veronica.

In den letzten zwanzig Minuten der zweiten Stunde rutschen alle unruhig auf ihren Stühlen hin und her. Nikoline und Fillippa waren offenbar in der Fünf-Minuten-Pause auf der Mädchentoilette, um ihre Haare und ihr Make-up zu richten, damit sie die vier Sekunden lang gut aussehen, die die Jungs brauchen werden, um sie sich zu schnappen.

Mein Telefon liegt auf dem Tisch vor mir. Cecilie hat nicht geschrieben. Ich fühle förmlich die Stille, die das Handy ausstrahlt. Fühle ihre Einsamkeit und Frustration aus dem dunklen Bildschirm strömen. Ich schicke ihr zwei Herzen. Sie liest die Nachricht sofort, antwortet aber nicht.

Ich schreibe: **SCHREIB MIR EINFACH!**

Ich füge hinzu: **ICH DENK AN DICH.**

Um fünf vor zehn sind die ersten Schreie zu hören. Sie kommen aus einem der Klassenzimmer am Ende des Gangs. Unser Sozialkundelehrer runzelt die Stirn, spricht dann aber weiter über die weitreichenden Konsequenzen irgendeiner EU-Verordnung.

»Klingt wie ein Terrorangriff«, flüstert Jonas.

»Oder wie ein Amoklauf«, zischt Veronica.

Wenn sie jemanden erschießen, hoffe ich, dass sie sich sie zuerst vornehmen.

Um uns herum warnen sich die anderen gegenseitig, ihre Computer und Handys wegzupacken.

Unser Lehrer schlägt auf das Pult. »Wenn wir uns jetzt wieder darauf konzentrieren könnten, was man tun kann, um …«

Die Tür wird aufgerissen. Es hört sich an, als schrien alle Mädchen im Raum gleichzeitig auf, nur ich nicht. Fünf Typen mit neongrünen Schweißbändern um Stirn und Handgelenke stürmen die Klasse und spritzen mit Wasser um sich, bevor zwei von ihnen über die Tische springen, sich Nikoline und Fillippa schnappen und mit sich zerren, während die beiden etwas von sich geben, das wie wilder Protest klingen soll.

»Gähn«, sagt Jonas, als sie verschwunden sind. »Gää-fucking-gähn.«

»Das wird bestimmt lustig«, sagt Veronica. »Machen die später eigentlich auch noch 'ne Aufführung in der Badewanne?«

»Kann sein, dass das in deiner alten Schule so war, aber

hier machen wir das nicht«, erkläre ich und stehe auf. Die Ersten sind schon längst auf den Flur verschwunden.

Unser Lehrer seufzt. »Tja, dann macht's gut für dieses Jahr, und viel Erfolg bei den Prüfungen.«

Wir gehen runter in Richtung Badewanne. Der Lärm der Trillerpfeifen und der Rufe durchs Megafon ist ohrenbetäubend. Wir Elfer strömen wie eine Herde desorientierter Lämmer auf dem Weg zur Schlachtbank alle in dieselbe Richtung, während Dreizehner in Neonkleidung an uns vorbeirennen und uns mit spitzen Schultern und Wasserpistolen anrempeln. Ich drücke mich eng an Jonas, während ich denke, dass es gut ist, dass Cecilie nicht hier ist.

Gerade will ich mein Handy hervorkramen, um zu checken, ob sie auf meine Nachrichten geantwortet hat, als meine Füße die Bodenhaftung verlieren. Zwei starke Arme haben sich von hinten um meine Taille geschlungen.

Als ich den Kopf drehe, um herauszufinden, wer mich gepackt hat, gucke ich direkt in Fillips fieses Grinsen. Er zieht die Augenbraue mit dem Piercing hoch, bevor er mich über seine Schulter wirft, sodass mein Oberkörper über seinem Rücken herunterhängt. Ich hebe den Kopf und sehe mich um, blicke in Jonas' und Veronicas Gesichter. Veronica hat die Augenbrauen über den Brillengläsern zusammengezogen, und ihre Lippen bewegen sich tonlos, während sie an Jonas' Arm zupft.

»Spinnst du?«, rufe ich. Und: »Lass mich runter!« Aber ich kann meine Stimme nicht einmal in meinem Kopf hören; jeder Laut ertrinkt im Lärm der Trillerpfeifen.

Fillip rennt den Flur entlang, mein Kopf schlägt gegen seinen unteren Rücken. Unterwegs werden wir von anderen Dreizehnern eingeholt, über deren Schultern ebenfalls Mädchen wie schlaffe Beutetiere baumeln. Mein Herz hämmert, während ich mich an Fillips Hüften klammere, um etwas gegen das Gefühl zu tun, jeden Moment auf dem Boden zu landen.

»Lass mich los!«, rufe ich, lauter, bestimmter, aber keine Ahnung, mit wem ich überhaupt spreche, mit seinem Hintern vielleicht?

Wir erreichen die frische Luft, und der Wind pustet mir meine Haare ins Gesicht, sodass ich nichts mehr sehen kann. Dann sind wir schon am Teich, und als Fillip mich absetzt, tauschen Wasser und Himmel ihre Plätze. Ich taumle rückwärts, als meine Füße den Boden berühren, verliere das Gleichgewicht und lande mit einem Rums auf dem Hintern. Mir ist so viel Blut in den Kopf gelaufen, dass meine Wangen brennen und der Puls hart hinter meinen Augen hämmert.

Im See steht schon eine ganze Traube Mädchen kreischend bis zur Hüfte im Wasser. Einer der Dreizehner in neongrünen Badeshorts steht mit einem Bein im Wasser und mit dem anderen an Land und schubst diejenigen zurück, die versuchen, ans Ufer zu waten. Keine darf aus dem Wasser steigen, bevor sie nicht mit dem Oberkörper untergetaucht und bereit ist, den ganzen Weg zum Schulgebäude als Miss Wet-T-Shirt zurückzulegen.

»Untertauchen!«, rufen mehrere Jungs. »Untertauchen! Untertauchen!«

Ich verstehe nicht, was ich hier mache.

Warum sie mich ausgewählt haben.

Ich war nie mit einem der Dreizehner zusammen, habe mich nie in den Mittelpunkt gedrängt, und ich trage eine dunkelblaue Bluse, unter der mein BH nicht sichtbar werden wird, ganz egal wie nass sie wird. Vielleicht halten sie mich für irgend so eine dumme Blondine, weil ich meine langen Haare offen trage. Ich rapple mich auf. Fillip geht auf mich zu und streckt mir grinsend die Hände entgegen.

»Lass es!«, rufe ich.

»Du kannst jetzt nicht einfach kneifen.«

»Ich mein's ernst! Fass mich nicht an!«

»Du solltest lernen, respektvoll mit Älteren zu reden.« Er greift nach meinen Handgelenken, erwischt das eine und fängt an, mich Richtung Wasser zu zerren.

»Ich hab an dem Tag nicht mal mit dir geredet.« Meine Stimme bebt. Die Haut an meinem Handgelenk schmerzt unter seinem festen Griff.

»Das ist egal«, sagt er. »Du musst trotzdem lernen, respektvoll zu sein.«

»Fuck you! Ich bin respektvoll.«

»Hahahaha!« Er stößt ein Maschinengewehrgelächter aus. »Zickig, oder was?«

Ein neuer Trupp Jungs kommt mit kreischenden Mädchen über den Schultern angerannt. Das lenkt mich einen Augenblick lang ab, lange genug, dass Fillip mein zweites Handgelenk erwischt und es schafft, mich mehrere Meter näher an den Teich heranzuschleifen. Ich stemme meine Gummisohlen ins Gras, aber es ist matschig, und meine Füße rutschen nur und reißen die Erde auf.

»Gib endlich auf«, sagt er.

»Lass mich los!« Ich höre mich ziemlich verängstigt an, und es macht mich rasend, dass er mich dazu bringt, so zu klingen.

»Jungs! Ich brauche hier eure Hilfe!«, ruft Fillip, und plötzlich ist da ein zwei Meter breiter und zwei Meter großer Typ, der sich meine Beine schnappt und mich hochhebt. Ich versuche, mich freizustrampeln, aber der Riese unter mir schwankt bloß ein bisschen vor und zurück.

»Scheiße, Mann, jetzt tritt sie auch noch?«

»Lasst sie runter!«

Da entdecke ich Kristoffer. Er hat mich auch gesehen. Er kommt direkt auf uns zu, und nur weil da plötzlich einer ist, den ich kenne, könnte ich vor Erleichterung in Tränen ausbrechen.

»Sie findet das nicht lustig«, sagt er. »Lasst sie runter.«

»Das ist Rache, verdammt«, meint Fillip.

»Nimm eine von den anderen«, sagt Kristoffer.

»Verpiss dich!«

Wir sind keine zwei Meter mehr vom Wasser entfernt, ich habe den fauligen Geruch der Algen schon in der Nase, und plötzlich reagiert mein Körper instinktiv: Ich werfe mich nach vorn, setze mein ganzes Gewicht ein, um den Riesen unter mir aus der Balance zu bringen, und es klappt. Ich stürze direkt in Kristoffers Arme, schlinge beide Arme um seinen Hals und halte mich fest.

»Hi?«, sagt er und klingt überrumpelt.

Im selben Moment greifen die anderen beiden von hinten nach mir, sodass ich lang ausgestreckt in der Luft hänge. Ich klammere mich an Kristoffer, und er versucht, mich festzuhalten, aber die beiden sind zu stark. Meine Finger verlieren den Halt, und ich suche nach etwas, an dem ich mich festhalten kann, reiße an Kristoffers T-Shirt, kralle meine Nägel in seinen Oberarm.

»Lass … verdammt noch mal … los!« Sie feixen und keuchen in meinem Rücken. Dann ein kräftiger Ruck, und meine Hand rutscht ab. Ich schaffe es gerade noch, nach der neongrünen Trillerpfeife um Kristoffers Hals zu greifen, und ziehe so fest daran, dass das Band in seine Haut schneidet, bevor es nachgibt und zerreißt. Wir gehen allesamt zu Boden. Die zwei Idioten beginnen völlig hysterisch zu lachen.

»Hast du deine Tage, oder was ist los?«, fragt Fillip. »Hast wohl vergessen, 'nen Stöpsel reinzustecken? Schiebst du deshalb so ne Panik?«

»Fickt euch!«

Ich rappele mich hastig auf, wende ihnen den Rücken zu und laufe zurück zum Schulgebäude. Das Kreischen und das Platschen im Wasser werden immer undeutlicher, aber dann höre ich Gelächter, irgendwen, der fragt, ob sie noch mehr Leute für mich brauchen, ob sie so eine kleine Bitch nicht allein in den Griff kriegen. Ich schaue nicht zurück. Ich renne einfach weiter. Erst als ich kurz vor dem Gebäude bin, merke ich, dass ich meine Faust immer noch um die Trillerpfeife balle.

7

Ich zittere immer noch, als ich unser Klassenzimmer erreiche und meine Tasche hole. Ich könnte auf der Stelle losheulen, aber ich schaffe es, die Tränen zurückzuhalten. Ich habe keine Lust, wegen so etwas Bescheuertem zu weinen. Ich habe nicht mal Lust, jemals wieder daran zu denken. Trotzdem fühle ich mich irgendwie misshandelt, als ich vor dem Klassenraum auf Jonas und Veronica treffe.

»Bist du okay?« Veronica mustert mich durch ihre viel zu großen Brillengläser und versucht, meine Hand zu nehmen, die ich gerade noch wegziehen kann.

»Ja, aber ich geh nach Hause.«

»Wir werden ein Statement verfassen«, sagt Jonas. »Eine Beschwerde! Es geht nicht an, dass Leute einfach so in den Teich geschmissen werden. Erstens ist das sexistisch. Zweitens ist es fucking lebensgefährlich.«

Ich hätte mich vielleicht über seinen Einsatz gefreut, wenn es nicht nach etwas klänge, das Veronica und er sich zusammen ausgedacht haben.

»Hör auf«, sage ich. »Ich bin ja nicht mal im Teich gelandet.«

Veronica starrt auf die Trillerpfeife mit der abgerissenen Schnur in meiner Hand. Ich schiebe sie schnell in meine Tasche.

»Wer war der Typ, der dich gepackt hat?«, fragt sie.

»Fillip. Irgend so ein Arsch aus der Klasse meiner Schwester.«

Sie runzelt die Stirn. »Wie bist du losgekommen?«

»Kristoffer hat mir geholfen«, sage ich, und mir wird klar, dass ich im Teich gelandet wäre, wäre er nicht gewesen. Aber gleich danach geht mir auf, dass mich überhaupt niemand verschleppt hätte, wären da nicht seine bescheuerten Freunde.

»Ach so, Kristoffer ...«, sagt Veronica, als wüsste sie etwas, das ich nicht mal selbst weiß.

»Natürlich hat er dich gerettet«, sagt Jonas. »Er ist verrückt nach dir, das ist doch offensichtlich.«

»Nein, ist er nicht.« Ich ziehe den Riemen meiner Tasche fest.

»Er neckt dich ständig, wenn ihr euch auf dem Flur begegnet«, macht Jonas weiter.

»Was?!? Er *grüßt*. Außerdem steh ich nicht auf Typen mit solchen Scheißfreunden.«

Jonas und Veronica wechseln einen Blick. Jonas sagt: »Das letzte Mal war Astrid auf der Party zum Schuljahresanfang so ein klitzekleines bisschen mit jemandem zusammen, und damals war sie noch nicht mal ...«

»Halt die Klappe«, unterbreche ich ihn. »Oder soll ich Veronica von dir und Stephanie erzählen?«

Wir starren einander mit einem Blick an, in dem man Hass

vermuten könnte, der aber in Wirklichkeit bedeutet, dass Jonas so was wie mein nerviger Bruder von einer anderen Mutter ist.

»Kommst du nicht mehr mit runter in die Badewanne?«, fragt Veronica in einem Versuch, unser Wettstarren zu unterbrechen. »Wir werden auch … ähm. Auf dich aufpassen?«

»Süß«, sage ich. »Aber ich ertrage heute nicht noch mehr Spektakel.«

»Dann komm gut nach Hause.« Sie versucht, mich zu umarmen, aber meine Schulter blockiert jeglichen weiteren Körperkontakt, sodass es nur eine halbe Umarmung wird.

Auf dem Weg aus dem Schulgebäude treffe ich Caroline. Sie trägt ein orangefarbenes Kleid und hat ihre Haare rot angesprüht und zu Rattenschwänzen geflochten. Das lässt sie nicht gerade weniger eichhörnchenhaft wirken. Und sie sieht irgendwie genauso verloren aus wie immer, wie sie da in diesen albernen Klamotten mit einer Dose Rasierschaum in der Hand herumsteht und mich anlächelt.

»Viel Spaß dabei, dich zum Affen zu machen«, sage ich.

Meine Schwester sitzt im Garten und sonnt sich. Sie hat die langen Beine ausgestreckt und vor sich auf dem Tisch einen Stapel Bücher und einen Teller geschälter Möhren platziert.

»Geht's dir besser, Lilie?«, frage ich.

»Ja«, sagt sie. »Ich sitz hier so in meiner kleinen Blase und schaue von oben auf alles runter. Siehst du es nicht? Ich schwebe über den Dingen.«

Ich liebe es, wenn sie so ist. So, wie meine Schwester eigentlich ist: witzig, ironisch, sie selbst. Ich krempele die engen Beine meiner Jeans so hoch, wie es geht, und ziehe mir einen Stuhl neben Cecilies, um mich ebenfalls zu sonnen.

»Kannst du es fassen, dass ich's geschafft hab?«, fragt sie. »Sie können mir nicht mehr damit drohen, mich in allen Fächern zu prüfen. Sie können sich ihren Abwesenheitsprozentsatz und ihre Regeln sonst wohin stecken. Nach den Prüfungen wird mich nie wieder irgendwer zur Rechenschaft ziehen! Never ever!«

Ich muss lachen, weil sie recht hat, es *ist* ein kleines Wunder, dass sie diese drei Jahre überstanden hat. »Du gehst also nicht davon aus, dass du vier Kinder und einen Mann kriegst, der danach fragt, wo du steckst? Oder einen Chef?«

»Absolut nicht. Für den Rest meines Lebens werde ich eine arbeitslose Katzenlady sein.« Sie wirft einen Blick auf ihr Handy. »Warum bist du eigentlich so früh zurück? Hat die Party nicht gerade erst angefangen?«

Ich schnaube. »Ach, es ist was total Blödes passiert. Aber ich mag nicht drüber reden.«

»Komm schon«, sagt sie und beißt knackend von einer Möhre ab.

Ich lehne mich im Stuhl zurück und schließe für einen Moment die Augen. Plötzlich merke ich, wie erleichtert ich bin, dass ich Kristoffer nie mehr auf dem Flur begegnen werde. Und auch nicht einem dieser Idioten, mit denen er rumhängt.

»Also … der Löschteich, weißt du?«

»Was ist damit? Haben sie dich reingeschmissen?«

»Nein, nein, aber Fillip hat's versucht.«

»Fillip aus *meiner* Klasse?« Sie zieht die Nase kraus. »Weshalb sollte er? Habt ihr überhaupt schon mal miteinander gesprochen? Das ist ja echt strange.«

»Ich weiß.«

»Wie bist du davongekommen? Du hast gesagt, er hat dich nicht reingeschmissen?«

Manchmal überlege ich, ob meine Schwester irgendwann mal Gefühle für Kristoffer hatte, ob sie irgendwann in ihrem Leben in ihn verliebt war. Vielleicht als sie zwölf war, vielleicht noch früher oder vielleicht sogar, als er im letzten Sommer zurück hierhergezogen und in ihre Klasse gekommen ist. Aber falls es so ist, hat sie es komplett vor mir geheim gehalten. Und wir haben keine Geheimnisse voreinander.

Jedenfalls bis jetzt nicht.

»Ich hab mich freigekämpft.«

»Wow, du bist ja der reinste Ninja!«

Jetzt schließe ich die Augen. Spüre die Sonne auf meinen Augenlidern, bis alles rot wird. »Ich war nicht besonders ninjamäßig. Ich hätte beinahe geheult und so.«

Sie lacht. Meine Augen sind immer noch geschlossen, aber beim Klang ihres Lachens stiehlt sich ein Lächeln auf mein Gesicht.

Beim Abendessen fragt niemand die anderen, wie der Tag war. Mama sagt so was wie: »Es gibt noch Frikadellen« und »Heute Abend läuft ein guter Film« und »Ich hab gelesen, dass das Wasser im Badesee schon zwanzig Grad hat«.

Manchmal frage ich mich, worüber andere Familien am

Abendbrottisch reden. Ob die jemals über wichtige Dinge sprechen, zum Beispiel darüber, was man nach der Schule machen will, wann man auszieht, wovon man träumt.

Nach dem Essen wickeln wir uns in Decken, kuscheln uns aufs Sofa und schauen den Film, von dem Mama erzählt hat. Papa sitzt auf dem alten Sessel und schnarcht. Das hört sich gemütlich an. So wie damals, als ich klein war und ins Doppelbett meiner Eltern gekrochen kam und er wie ein großer, freundlicher Troll klang.

»Papa ist wohl müde«, sagt Mama. Sie sitzt in dem anderen Sessel, verfolgt den Film mit einem Auge, während sie gleichzeitig einen Stapel Arbeitsunterlagen durchschaut. »Puh, der schnarcht vielleicht.« Sie starrt ihn mehrere Sekunden lang an, als könnte sie ihn durch Hypnose dazu bringen, still zu sein. »Hör schon auf.«

»Das macht doch nichts«, sage ich.

»Thomas.« Sie stößt Papas Knie mit dem Fuß an. »Thomas! Du schläfst.«

»Was?« Mein Vater öffnet verwirrt die Augen.

»Ja, und du *schnarchst*«, fügt Cecilie hinzu, ohne die Augen vom Fernseher abzuwenden.

Papa steht aus dem Sessel auf, geht ins Bad und putzt sich bei offener Tür die Zähne, was ein ekliges Schrubbgeräusch macht.

»Soll ich uns was Süßes holen?« Ohne eine Antwort abzuwarten, steht Mama ebenfalls auf, geht in die Küche, kramt in den Schränken, knistert mit Süßigkeitentüten.

»Aster«, sagt Cecilie mit dem Mund an meiner Schulter.

Ich kann ihren feuchten, warmen Atem durch den Blusenstoff spüren.

»Was denn?«

»Ach, nichts. Ich fühl mich nur so geborgen.« Sie bohrt die Nase in meinen Oberarm. »Gerade jetzt, in diesem Augenblick. So richtig ganz geborgen.«

Meine Brust schmerzt, als sie das sagt. Wie eine kleine summende Biene, die unter die Bluse krabbelt und zusticht.

»Das ist gut«, sage ich, aber ich weiß nicht, ob das stimmt, und ich weiß nicht, warum ich das denke.

»Nur der Gedanke an die Scheißprüfungen stresst mich jetzt schon.« Sie lässt ihren Kopf in meinen Schoß rutschen. Lächelt ein kleines, unsicheres Lächeln. Ihr Körper an meinem ist ziemlich warm. Ihr Kopf in meinem Schoß ist ziemlich schwer. Sie macht diese bestimmte Bewegung, dreht den Kopf ein bisschen hin und her, weil sie will, dass ich sie kraule. Meine Finger beginnen sich wie von selbst zu bewegen.

»Hilfst du mir?«, fragt sie. »Lernst du mit mir? So wie letztes Jahr? Schließlich wirst du ja höchstens in einem Fach geprüft«, sagt sie. »Voll unfair.«

Am liebsten würde ich sie fragen, ob sie sich nicht ausrechnen kann, dass ich bis zum Abi genauso viele Prüfungen wie sie gehabt haben werde. Das ist nicht unfair, nur zeitversetzt.

»Ich bin mir sicher, dass ich in Englisch drankomme«, fährt sie fort, bevor ich irgendwas sagen kann. »Das wäre typisch für mein verdammtes Pech. Und außerdem bestimmt in Geschichte. Urgh.«

»Du musst erst mal nur die erste Prüfung in den Blick nehmen«, sage ich. »Das erste Kapitel im Buch. Du weißt doch, du musst dich darauf konzentrieren, den ersten Satz auf der ersten Seite zu verstehen.«

Das ist ein Merkspruch aus einem Kurs über achtsame Lerntechniken, zu dem unsere Mutter Cecilie und mich letztes Jahr angemeldet hatte. Einen Elefanten Bissen für Bissen aufessen. Sonst setzt er sich bloß auf dich drauf.

»Du bist so klug.« Sie dreht den Kopf zu mir und schaut zu mir hoch, stupst mir mit dem Zeigefinger ans Kinn. »Perfekte, kluge Astrid. Müsstest du nicht bald eine Brille bekommen?«

»Du Brillenrassistin!«, antworte ich und denke wieder an Veronica.

Mama kommt mit einer großen Schale voller Weingummi zurück. Sie stellt sie vor uns ab und lächelt mir zu, als unsere Blicke sich treffen. Mir fällt unser Plan ein, morgen Krocket zu spielen und zu grillen. Gerade fühlt es sich tatsächlich an, als könnte morgen ein richtiger Familientag werden.

8

Der Samstag erweist sich als schlechter Tag für Krocket und Grillen. Papa muss nämlich in die Firma, um etwas zu erledigen.

»Kann das nicht warten?«, fragt Mama, obwohl er erst vor einer Sekunde wortwörtlich gesagt hat: »Das kann nicht warten.« Aber jetzt steht sie trotzdem mit einem Gesichtsausdruck vor ihm, der an ein enttäuschtes Kleinkind erinnert.

»Nein, leider nicht«, sagt er. »In ein paar Stunden bin ich zurück.«

»Das ist doch nicht normal … es muss doch irgendwen anders geben, der sich darum kümmern kann?«

»Jemand, den ich an einem Samstag antanzen lassen kann?« Jetzt sieht Papa verärgert aus. »Es ist *meine* Firma, also ist es auch *meine* Verantwortung.«

Vor einem Jahr hat Cecilie mich mal gefragt, ob ich glaube, dass er eine Affäre hat. Es war keine richtige Frage. Sie hat das bloß so in den Raum gestellt, als ob sie einen Gedanken laut ausspräche, der ihr zufällig in den Sinn gekommen wäre.

Aber Papa ist einfach nicht der Typ für Affären. Erstens ist er Ingenieur. Zweitens arbeiten in seiner Firma ausschließlich Männer. Sie sind zu fünft und haben in den letzten acht Jahren hart geschuftet, um sich einen Kundenstamm aufzubauen. Eigentlich weiß ich aber gar nicht so genau, wie es läuft. Früher hat Papa uns immer mit witzigen Geschichten unterhalten, über komische elektrische Apparate und russische Geschäftsmänner, die er mit Wodka abfüllen musste, damit sie die Verträge unterschrieben. So was hat er schon lange nicht mehr erzählt.

Als er gegangen ist, wendet sich Mama an uns. »Tja, dann machen wir drei eben was Schönes, was?« Das Wort ›Schönes‹ zischt sie so, dass man beinahe Angst bekommen kann.

»Ich bin müde«, sagt Cecilie, und dann verschwindet sie in ihrem Zimmer. Dort liegt sie den restlichen Vormittag über und döst vor sich hin, und keine von uns traut sich, sie zu stören.

Die Stunden vergehen, dann ziehen Wolken am blauen Himmel auf, und plötzlich ist es bedeckt. Es sieht nicht so aus, als ob aus unserem Plan noch was wird, obwohl Papa gerade angerufen und gesagt hat, dass er unterwegs sei.

»Lass uns morgen einen neuen Anlauf machen«, sagt Mama zu mir. »Morgen soll den ganzen Tag über gutes Wetter sein.«

Das ist ein Plan.

Aber dann wachen wir Sonntag auf, und der Plan fühlt sich schon tot an, bevor wir ihn richtig zum Leben erweckt haben.

Cecilie hat schlecht geschlafen und Rückenschmerzen. Ich war um drei auf dem Klo, und als ich vorsichtig die Tür zu ihrem Zimmer aufgeschoben habe, lag sie im Bett und starrte auf den Bildschirm ihres Laptops. Sie hatte keinen Ton an, keine Musik. Sie lag bloß da, das Gesicht vom weißen Licht des Bildschirms erleuchtet, und sah aus wie ein Zombie.

»Was machst du?«, hab ich sie gefragt.

Sie hat den Computer hektisch zugeklappt.

»Schlafen«, hat sie gesagt und sich die Decke bis über die Nase gezogen.

Später fing Mama an, durchs Haus zu schleichen. Aus Cecilies Zimmer drang leises Murmeln. So laut, dass ich die beiden hören konnte, so leise, dass ich nicht verstand, worüber sie redeten.

Als ich um halb neun aufwache, bleibe ich kurz liegen und lausche in die Stille, bevor ich aufstehe. Im Haus ist es vollkommen ruhig. Ich gehe in die Küche. Mama sitzt da und starrt in eine Tasse Nescafé, die längst nicht mehr dampft.

»Ist noch Wasser da?«, frage ich.

»Ich schätze, du musst es noch mal aufkochen.«

Ich nehme mir einen Becher aus dem Schrank und setze mich Mama gegenüber, während der Wasserkocher leise zu summen beginnt.

»Das war eine harte Nacht.« Sie gähnt. »Aber du findest immer noch, dass wir heute Krocket spielen sollten, oder?«

»Ja. Du nicht?«

»Doch …« Sie lächelt mir zu. Aber ich kann ihr ansehen, dass ein Teil von ihr im Laufe der Nacht seine Meinung geändert hat. Auf einmal ist das mit dem Krocket nicht mehr unser gemeinsames Projekt, sondern nur noch meins.

Als ich meinen Kaffee ausgetrunken habe, gehe ich raus zum Gartenhäuschen und suche die kleinen Krocket-Tore und die braune Ledertasche mit den Schlägern. Die Sonne steht schon hoch am Himmel, und die Bienen summen in den Blumentöpfen auf der Terrasse. Ich baue eine Bahn auf dem Rasen auf. Wische mit einem Lappen Blütenpollen und Vogeldreck von den Gartenmöbeln, lege Sitzkissen auf die Stühle und stelle den Sonnenschirm auf.

Cecilie wacht erst gegen Mittag auf. Sie ist hungrig, möchte, dass ich ihr das Frühstück ans Bett bringe. Ich belege ein paar Scheiben Knäckebrot mit Käse und stelle den Teller auf ihre Bettdecke.

»Kommst du nach dem Essen mit in den Garten?«, frage ich. »Das Wetter ist fantastisch.«

Sie nickt, beißt ein winziges Stück Knäckebrot ab, beginnt aber erst mehrere Sekunden später zu kauen. Ihr Blick wandert zu den heruntergelassenen Jalousien; Sonnenlicht blitzt zwischen den Lamellen durch. Dann ändert sie plötzlich ihre Meinung: »Ich bin wirklich müde.«

»Tageslicht hilft bestimmt gegen die Müdigkeit.«

»Sollen wir nicht lieber einen Film gucken?« Sie legt das Brot auf den Teller, schlingt den Arm um ihr Kopfkissen und lässt sich schwer zurück ins Bett fallen.

»Das können wir danach doch immer noch machen. Komm schon.«

»Vielleicht später. Gerade schaff ich das nicht. Ich bin doch eben erst aufgewacht.«

»Vielleicht gehst du erst mal duschen und schaust, ob es dir danach besser geht?«

Ich sehe ihr an, dass ich mich der Grenze nähere. Der Grenze, an der sie alles, was man sagt, als Provokation auffasst. Als mangelndes Verständnis. Es liegt über ihrem Gesicht wie eine müde, gereizte Maske. Ich gehe trotzdem noch näher an die Grenze ran, versuche, sie ein kleines Stück zu verrücken: »Draußen in der Sonne wird es dir besser gehen.«

»Stress mich nicht.«

Eine halbe Stunde später steht sie unter der Dusche. Ich sage Mama, dass Cecilie bald fertig ist. Daraufhin schüttet sie Chips in eine Schale und bittet mich, kalte Cola mit rauszunehmen. Danach gehe ich wieder rein, um meine Schwester zu holen. Sie sitzt in Shorts und T-Shirt auf der Bettkante.

»Kommst du mit raus in den Garten?«

Cecilie wirft mir einen genervten Blick zu. Dann reißt sie sich trotzdem zusammen.

Sie macht das nur für mich. Ich sehe ihr an, dass jede einzelne Bewegung mich glücklich machen soll, nicht sie. Wie sie kämpft, um aufzustehen, sich in Bewegung zu setzen. In der Küche sinkt sie auf einen Stuhl, zieht langsam, unendlich langsam die Sneakers über ihre Fersen. Dann zieht sie sie plötzlich wieder aus, studiert die rissige Haut an ihrem Fuß.

»Ich hab wirklich trockene Fersen«, sagt sie. »Guck mal.«

»Wir können dir heute Abend ein Fußbad machen.«

Als wir nach draußen kommen, hält Cecilie auf der Terrasse inne, starrt auf den Rasen, blinzelt. »Was ist das?«

»Wir spielen Krocket«, sage ich und füge schnell hinzu: »Also, wenn wir Lust haben.«

Ich beobachte ihr Gesicht genau, um ein Kräuseln ihrer Mundwinkel oder ein winziges Zeichen der Vorfreude in ihren Augen zu entdecken, aber nichts passiert. Heute ist sie nicht meine Lilie, und das lässt meinen Bauch für einen Moment ganz hart und angespannt werden.

»Setz dich einfach und ruh dich aus«, sage ich. Sie setzt sich. Unsere Mutter kommt aus dem Haus, die Hände voller Gläser. Sie stellt sie auf den Tisch und lächelt uns zu. »Jetzt machen wir es uns schön.«

»Was ist mit Papa?«, frage ich.

»Der arbeitet.«

»Ich hole ihn.«

Papa sitzt in seinem Arbeitszimmer und bewegt den Mauszeiger durch irgendein eng beschriebenes Dokument. Die Lamellen der Jalousien sind gekippt, sodass nur eine mikroskopisch kleine Menge Sonnenlicht in den Raum dringt.

»Kommst du?«

»Spielen wir jetzt?« Er schaut vom Bildschirm auf.

»Gleich.«

»Hol mich, wenn ihr loslegt.«

»Aber wir fangen doch gleich an!«

»Ich brauch auch nur noch zwei Minuten.« Er lächelt mir zu, bevor er sich wieder dem Laptop zuwendet. Als ich stehen bleibe, hebt er den Blick und sagt: »Glaubst du, mir macht es Spaß, hier im Dunkeln zu hocken und zu arbeiten, Astrid?«

Ich gehe wieder nach draußen. Cecilie kauert auf ihrem Stuhl. Sie hat die Beine unter sich gezogen, starrt auf ihr Handy. Mama steht auf dem Rasen und inspiziert nacheinander alle Schläger. Hält den roten, den gelben, den blauen, den grünen dicht vors Gesicht. Keine Ahnung, was genau sie da überprüft.

»Kommt er?«, fragt sie, als sie mich entdeckt.

»Gleich«, antworte ich.

Da verändert sich der Blick meiner Mutter auf diese spezielle Art. Als wenn man dunkle Gläser auf eine Brille klipst, um sich vor etwas abzuschirmen.

Sie sagt: »Sollen wir nicht einfach anfangen?«

Am liebsten will ich antworten: ›Du willst also aufgeben? Sollen wir ihn wirklich damit davonkommen lassen, dass er allein da drinnen sitzt?‹ Aber stattdessen frage ich: »Können wir nicht auf Papa warten?«

Ihre Lippen werden schmal. »Ja, klar.«

»Aster?«, ruft Cecilie. »Könntest du mir mein Geschichtsbuch holen? Ich glaube, ich bin heute fit genug zum Lernen.«

»Okay, aber wir wollten doch gleich spielen?«

Statt einer Antwort verzieht sie ihr Gesicht zu einer Grimasse. Ich laufe ins Haus, finde ihr Geschichtsbuch auf dem Schreibtisch und nehme es mit nach draußen.

»Kannst du mir eine Cola aufmachen?«, fragt Cecilie, als ich ihr das Buch gebe. Meine Schwester hasst das Gefühl der Dosenlasche unter den Fingernägeln. Ich öffne eine Dose, schiebe sie zu ihr.

»Welche Farbe willst du?«

»Ist mir egal.« Sie nimmt einen Schluck Cola.

Ich schlage vor: »Sollen wir Mannschaften bilden? Du und ich gegen Mama und Papa?«

»Vielleicht guck ich lieber zu.« Sie hebt das Buch vors Gesicht.

Mama kommt zu uns rüber. »Du musst doch jetzt noch nicht lernen, Schatz?«

Meine Schwester ignoriert sie.

Ich schaue auf die Uhr. Es ist fast sieben Minuten her, seit mein Vater gesagt hat, dass er in zwei Minuten hier ist.

»Ich geh kurz gucken, ob Papa fertig ist.« Bevor Mama etwas sagen kann, stehe ich auf und laufe zurück ins Haus.

Er sitzt immer noch im Arbeitszimmer, allerdings hat er jetzt auf einmal eine dampfende Tasse Kaffee vor sich stehen.

»Papa! Du hast gesagt, du brauchst nur noch zwei Minuten!«

Er schaut mich an, völlig überrumpelt, dass ich schon wieder da bin.

»Na, so was, habt ihr noch nicht angefangen?«

»Nein, wir warten auf dich!«

»Ihr müsst nicht warten. Überspringt mich einfach. Ich hol euch schon wieder ein.«

»Es ist dir also egal, ob du verlierst?«

»Einer muss doch verlieren.« Er führt die Kaffeetasse zum Mund und nimmt schlürfend einen Schluck.

Ich gehe wieder in den Garten.

»Komm«, sagt meine Mutter und steht auf. »Dann spielen eben wir zwei, Astrid.«

Wir spielen zwei Runden, Mama und ich. Sie ist rot, ich bin blau. Ich gewinne. Sie liegt fast eine ganze Bahn zurück, als ich den Ball durch das letzte Tor schlage.

»Herzlichen Glückwunsch!«, sagt sie.

Ich denke: *Hast du dir überhaupt Mühe gegeben? Hast du überhaupt Lust, Familie zu spielen, wenn nur wir beide da sind?*

Wir setzen uns wieder auf die Terrasse. Cecilie ist immer noch hinter ihrem Geschichtsbuch vergraben, auch wenn noch niemand weiß, in welchen Fächern sie geprüft werden wird, weil die Fächer erst morgen zugeteilt werden.

Ich habe plötzlich Lust, ihr das Buch aus den Händen zu schlagen. Will den Knall hören, mit dem es auf dem Boden aufschlägt, will beobachten, wie ihr mürrisches Gesicht zu einem überraschten wird. Und dann will ich sie so fest schütteln, dass ihre Zähne aufeinanderschlagen, und ich will sie fragen, ob sie nicht kapiert, wie sinnlos ihr Verhalten ist und wie lächerlich. Ob sie nicht versteht, dass sie alles kaputt macht, wenn sie so dasitzt und die Stimmung ausstrahlt, die sie ausstrahlt.

Manchmal denke ich Dinge über meine Schwester, die sich falsch anfühlen.

Manchmal zweifle ich, ob andere auch so für jemanden fühlen, der so von ihnen abhängig ist. Ob andere auch manchmal Lust haben, auf jemanden einzutreten, der längst am Boden liegt.

Ich kneife die Augen zu, lasse mich von der Sonne wärmen und versuche, an etwas anderes zu denken. Aber natürlich kann man sich nicht aussuchen, woran man denkt. Böse Gedanken sind wie Blutegel, die sich am Körper festbeißen und erst loslassen, wenn sie fett und vollgefressen sind.

Ich stehe auf. »Hat jemand Lust, spazieren zu gehen?«

Mama guckt Cecilie an, bevor sie sagt: »Ich bin ehrlich gesagt gerade ganz glücklich damit, einfach nur hier zu sitzen und die Füße hochzulegen.«

Meine Schwester antwortet nicht, räuspert sich nur. Ein klitzekleines, dünnes Geräusch, während sie in ihrem Buch blättert.

9

Der Hafen ist heute voller Menschen. Freundinnengrüppchen und Frischverliebte, ältere Ehepaare mit Hund an der Leine. Leute, die Eis essen, fröhlich kreischende Kinder, die Krebse am Steg fangen, während ihre Eltern an der Fischbude in der Sonne stehen, Backfisch essen und ein Bier dazu trinken.

Alle außer mir sind mindestens zu zweit unterwegs.

Ich gehe zum längsten Bootssteg. Klettere auf die großen, weißen Steine und setze mich direkt ans Wasser, wo ich aus den Schuhen schlüpfe und mit den nackten Zehen wackle. Ein großer, rotbrauner Krebs krabbelt über den Sand unter mir, und eine der Psychopathen-Möwen landet ein paar Meter entfernt und starrt auf meine Zehen, als wären sie kleine, leckere Sardinen.

Ich schreibe Jonas: **ICH CHILL AM HAFEN, KOMMST DU DAZU? NUR FÜR NE STUNDE. BRAUCH DICH.**

Er sieht meine Nachricht, antwortet aber nicht. Das passiert in letzter Zeit häufiger. Als ob irgendwas wichtiger wäre als ich. Und es hat angefangen, seit sich Veronica in unsere Zweisamkeit drängt.

Wenn sie glaubt, Teil eines Kleeblatts werden zu können, täuscht sie sich.

Und mir meinen besten Freund wegzuschnappen, das kann sie gleich vergessen.

Ich schicke ihm zwei Kackhaufen. Die sieht er nicht.

Da kommt eine Nachricht von Veronica: **HI ASTRID, LUST AUF EIN SONNENBAD IN UNSEREM GARTEN?**

Ich antworte ihr nicht. Schreibe stattdessen Jonas: **BIST DU BEI VERONICA???**

Endlich schreibt er zurück: **NEIN, ABER MAGST DU MITKOMMEN? DAS WIRD SUPER! ES GIBT WEIN!**

BIN SCHLECHT DRAUF, schreibe ich. **KANNST DU NICHT ZUM HAFEN KOMMEN?**

SORRY, antwortet er. **HAB V VERSPROCHEN, DABEI ZU SEIN ... KÖNNEN WIR UNS NICHT DORT TREFFEN? UND DEINE LAUNE IN ORDNUNG BRINGEN?**

IST SCHON GUT. VIEL SPASS.

Mein Kopf kocht. Vor Sonne und Wut und missglückten Plänen.

Ich schiebe das Handy in die Tasche und wende meinen Blick wieder dem Meer zu. Heute liegen viele Boote im Hafen, schaukeln auf dem Wasser, während die Wellen sanft an ihre Rümpfe schwappen. Drei Boote weiter kraxelt ein junger Typ auf einem Mast herum und hantiert dabei mit verschiedenen Seilen. Sein Oberkörper ist nackt, dazu trägt er ein Paar Jeans mit Farbflecken. Im scharfen Sonnenlicht wirken seine Haare beinahe blauschwarz. Es dauert ein paar Sekunden, bis ich kapiere, dass es Kristoffer ist, den ich da anstarre. Die Erkenntnis versetzt meinen Magen in komische Schwingungen.

»Astrid?«

Ich drehe meinen Kopf in Richtung der Stimme, die seltsam vertraut klingt. Da steht eine Frau mit Kurzhaarschnitt auf dem Steg und lächelt mich an. Sie trägt ein gelbes ärmelloses Kleid, und jetzt winkt sie mit beiden Armen. »Wirklich, du bist es!«

Ich klettere zurück auf den Steg, während ich versuche, die Version von Kristoffers Mutter, die vor mir steht, mit der zusammenzubringen, an die ich mich erinnere: eine rundliche Frau, die in ausgebeulter Jogginghose im Nachbargarten Wäsche aufhängt.

»Wie schön, dich zu sehen!« Ellen umarmt mich, zieht mich an sich, sodass ich ihr blumiges Parfüm riechen kann. »Hast du gesehen, dass Kristoffer auch da ist?« Sie zeigt zum Boot.

»Was? Nein.«

»Komm«, sagt sie und hat sich schon in Bewegung gesetzt. »Du musst mitkommen und Hallo sagen.«

»Ich kann leider nicht.« Ich bleibe auf dem Fleck stehen und versuche, mir eine gute Entschuldigung einfallen zu lassen, um Kristoffer nicht wieder in die Augen sehen zu müssen.

»Bist du mit Cecilie unterwegs?«, fragt Kristoffers Mutter. »Wartest du auf jemanden?«

»Nein, aber …« Ich habe keine gute Entschuldigung parat und schaffe es nicht, mir schnell genug eine Lüge einfallen zu lassen. Ellen sieht beides.

»Jetzt komm schon«, sagt sie. »Kristoffers Großvater ist auch irgendwo hier, er würde sich sicher auch freuen, dich wiederzusehen.«

Als ich an Bord gehe, ist Kristoffer immer noch oben im Mast. Jetzt, wo ich an Deck stehe, wirkt das Boot größer als vom Steg aus. Der Mast ragt mehrere Meter in den Himmel. Auf der Mitte des Decks steht ein Steuerhaus aus Holz, und eine kleine Treppe führt zur Kajüte hinab.

»Guck mal, wen ich gefunden habe!«, ruft Ellen.

Kristoffer schaut zu mir runter. Er hat die Beine um den Mast geschlungen und hält sich mit den Armen fest. Ich hebe die Hand zum Gruß. Er bewegt keinen Muskel, weder im Gesicht noch am Körper.

»Komm schon runter«, fordert Ellen ihn auf. »Und zieh dir was an.«

Kristoffer klettert langsam runter, springt kurz vor Erreichen des Decks ab und landet mit einem dumpfen Knall. Ellen reicht ihm ein T-Shirt, das sie vom Boden geklaubt hat. Er zieht es schnell über den Kopf. Dann kniet er sich hin und kramt in einer offenen Werkzeugkiste, wobei er uns den Rücken zuwendet.

Ellen sagt: »Das ist lange her, was?«

»Wir gehen auf dieselbe Schule.« Kristoffer klingt gereizt.

»Nein, ich meinte ja auch eher so ...« Sie breitet die Arme aus und lacht. »Damals halt. Als Cecilie und Astrid rüberkamen und den ganzen Vormittag lang dein Spielhaus okkupiert haben.«

Plötzlich bin ich froh, dass er uns immer noch den Rücken zudreht. Ich weiß nämlich nicht, ob ich Kristoffers Gesichtsausdruck sehen will, während er daran erinnert wird, wie wir damals in Unterhosen im Spielhaus saßen und flüsternd die Unterschiede zwischen Pipimaus und Pipimax besprachen.

»Setz dich ruhig«, sagt Ellen und zeigt auf drei schwarze Klappstühle, die am einen Ende des Decks um einen verkratzten Campingtisch gruppiert sind. »Ich hol uns was Kaltes.« Sie verschwindet in der Kajüte, um Getränke zu besorgen.

Ich nehme mein Handy aus der engen Hosentasche meiner Shorts, lege es auf den Campingtisch und setze mich auf einen der Stühle. Das schwarze Plastik hat sich in der Sonne so sehr erhitzt, dass es an meinen Oberschenkeln brennt. Als ich auf der Sitzfläche herumrutsche, gibt der Stuhl ein knarzendes Geräusch von sich. Es klingt wie ein langsamer Furz.

Kristoffer lässt sich mir gegenüber auf einen Stuhl fallen. Endlich guckt er mich an. »Bist du Freitag gut nach Hause gekommen?«

Einen Moment lang erwäge ich, meine Antwort mit etwas Nettem zu beginnen, mich vielleicht einfach für seine Hilfe zu bedanken, aber dann fällt mir wieder ein, dass er ein Idiot ist, wenn er solche Freunde hat.

»Mhm.« Ich schaue aufs Wasser.

»Die anderen fanden dich ziemlich streitlustig …«

»Die anderen?« Ich gucke ihn wieder an. »Welche anderen? Meinst du deine Freunde? Ich kann ja wohl nichts dafür, dass die nichts anderes können, als andere zu erniedrigen. Ist dein Problem!«

Er kneift die Augen zusammen. »Was genau ist mein Problem?«

»Dass deine Freunde Arschlöcher sind!«

»Wow.«

»Und immerhin warst du auch am See«, mache ich weiter. »Du hast auch Mädchen reingeschmissen.«

Er sagt: »Das ist halt Tradition. Meinst du nicht, dass einige der Mädchen auch ein kleines bisschen Spaß dabei hatten?«

»Klar, die völlig hirnlosen.«

»Du sprichst ja nett von anderen Mädchen.«

Hitze schießt mir ins Gesicht. »Ich hab halt was gegen diesen … diesen Scheiß.«

Im selben Moment vibriert mein Handy. Der Bildschirm leuchtet auf und zeigt eine Nachricht von Jonas: **WENN DU MICH SO DRINGEND BRAUCHST, KOMM HALT!**

Kristoffer lehnt sich vor und liest mit, als wäre es das Selbstverständlichste der Welt.

»Jonas«, sagt er und schiebt den Namen im Mund hin und her. »Ist das dein Freund?«

Ich reiße das Telefon an mich. »Nein, das ist *ein* Freund. Jungs und Mädchen können auch einfach nur Freunde sein, weißt du?«

»Klar weiß ich das«, sagt er und guckt hoch zum Mast – vielleicht ist das auch bloß eine diskrete Art, die Augen zu verdrehen.

Da taucht Ellen mit vollen Händen wieder auf. Sie stellt die Limo vor uns auf den Tisch, bevor sie plötzlich in meine Haare greift und ihre Finger durch die Strähnen gleiten lässt.

»Wo ist bloß der strubbelige kleine Troll in Latzhosen geblieben, den ich früher mal kannte? Du hattest immer Löcher an den Knien. Du hattest immer so …«

»Mama«, sagt Kristoffer. »Lass den Nostalgiescheiß.«

»Du siehst auch nicht mehr so aus wie damals«, sage ich, und sie greift sich prompt an die Hüften, an den Bauch, fragt, ob ich das wirklich so meine, erzählt, dass sie im letzten Jahr fünfzehn Kilo abgenommen hat.

»Und wie geht's Cecilie?« Ellen setzt sich auf den Stuhl neben Kristoffers.

Ich sage: »Gut.«

»Ist sie nervös wegen der Prüfungen?«

»Das sind doch alle, oder?«

»Ich nicht«, sagt Kristoffer. Klar sagt er das.

»Immer diese Erwartungen, dass Mädchen fleißige Einserschülerinnen sein sollen, das ist eine völlig falsche Sichtweise«, sagt Ellen. »Ihr müsst mal ein bisschen runterkommen. Im Leben gibt es Wichtigeres als Noten.«

»Weiß ich doch.«

»Cecilie auch?«, fragt sie. »Kristoffer hat erzählt …«

»Mama!« Kristoffer wirft ihr einen Blick zu, der sie zum Schweigen bringt.

Gut, dass Cecilie nicht hier ist. Sie hätte Ellen echt geschlagen.

»Sie ist jedenfalls keine Einserschülerin«, sage ich. »Es ist nur … sie mag Prüfungen wirklich nicht.«

»Weißt du was, mir kommt gerade eine Idee.« Ellen stützt einen Ellenbogen auf den wackligen Campingtisch und legt den Kopf auf die Handfläche. »Also, natürlich ist es nur ein Vorschlag ...«

Kristoffer stöhnt.

»Nein, hör auf«, sagt sie und knufft ihn in die Seite. »Wenn man eine lebensverändernde Erfahrung gemacht hat, ist es großartig, sie weitergeben zu können.«

»Was weiterzugeben?«

Kristoffer steht auf. »Ich muss mal pinkeln.«

»Ich mache gerade so eine Ausbildung«, erzählt Ellen, nachdem er unten in der Kajüte verschwunden ist. »Zur Meditationslehrerin. Ich bin lange genug herumgehetzt und hab mich zu Hause und bei der Arbeit um alles und jeden gekümmert. Aber damit ist jetzt Schluss. Endlich fange ich an, zu *sein*, statt zu *tun*. Hörst du den Unterschied?«

»Ich hab schon mal so ’nen Achtsamkeitskurs gemacht«, sage ich. »Zusammen mit Cecilie. Ist das was Ähnliches?«

»Nicht ganz.« Sie erklärt etwas über den Unterschied zwischen Sein und Nicht-Sein, etwas, das ich noch nie richtig verstanden habe. »Ich würde euch wahnsinnig gern durch eine Meditation führen, wenn du dir vorstellen kannst, dass das auch etwas für Cecilie ist?«, fragt sie schließlich.

Ich lächele höflich, aber ich weiß echt nicht, was ich dazu sagen soll.

»Ich mein es ernst«, sagt sie. »Frag sie.«

Kristoffer kommt aus der Kajüte zurück.

»Was hältst du von nächstem Donnerstag?«, fragt Ellen. »Um halb acht? Wir können erst noch eine Tasse Tee zusammen trinken.«

»Mama«, sagt Kristoffer, und diesmal spricht er weiter: »Kapier endlich, dass die Leute dein Hippiequatsch nicht interessiert. Die sind bloß höflich.«

»Er findet, ich bin peinlich«, sagt sie zu mir, während sie seinen Oberschenkel tätschelt. »Seine Freunde nennen mich Yoda, ist das nicht reizend? Also, was ist mit Donnerstag? Abgemacht?«

Ich denke: *Nie im Leben bekomme ich Cecilie dazu überredet.*

»Okay«, sage ich und lächle. »Das wird sicher schön.«

Kurz danach kommt Kristoffers Großvater, Sven, an Bord. Er muss mindestens Mitte siebzig sein, wirkt aber gut in Form, sonnenverbrannt und mit einem dichten weißen Rauschebart.

»An dich erinnere ich mich genau!« Er baut sich vor dem Tisch auf und zeigt mit dem Finger auf mich. »War es … Louise?«

»Rat noch mal!«, fordert Ellen ihn auf.

»Monika?«

»Sie heißt Astrid«, sagt Kristoffer, als ob ihn das Namensspiel wirklich interessieren würde.

»Richtig, das war es!« Sven schlägt sich auf den Oberschenkel. »Du warst Kristoffers Spielkameradin, doch, ich hab dich noch genau vor Augen, dich und die andere. Wie hieß sie noch? Hieß *sie* etwa Louise?«

Nachdem ich ihm den Namen meiner Schwester genannt habe, geht ein Strahlen über sein Gesicht, und er sagt: »Na, wie wär's mit einem Kurzen, jetzt, wo wir Gäste haben?« Ehe jemand antworten kann, ist er schon in der Kajüte verschwunden. Kurz darauf kommt er mit einer dunklen Flasche mit ausgefranstem Etikett, auf dem man unmöglich etwas erkennen kann, und vier kleinen Plastiktassen zurück. Das Plastik riecht nach altem Kaffeesatz.

»Lasst uns anstoßen.« Kristoffers Großvater hebt seine Tasse in unsere Richtung. Es ist selbst gemachter Hagebuttenlikör, der erst im Hals und dann im Bauch brennt, bevor die Wärme in den Kopf steigt.

»Der hat ihr geschmeckt!«, stellt der alte Mann zufrieden fest, als er sieht, dass ich die Tasse in einem Zug geleert habe. »Komm her, dann bekommst du noch einen!«

Am nächsten Likör nippe ich nur, aus Sorge, dass er sonst wieder nachschenkt. Dann will Kristoffers Großvater wissen, was meine Zukunftspläne sind. Ich sage, dass ich keinen blassen Schimmer habe.

»Ich wollte immer Journalist werden«, erzählt er. »Man muss nämlich für etwas brennen, wenn man jung ist, sonst wird man bloß alt und verbittert.«

»Also, Papa«, sagt Ellen. »Du und deine dummen Moralpredigten. Lass die Jungen doch einfach jung sein.«

»Und die Alten alt«, ergänzt er und prostet ihr zu. Er steht immer noch herum. Und mir wird klar, dass ich höchstwahrscheinlich auf seinem Klappstuhl sitze.

»Danke für den Likör. Ich muss jetzt aber wirklich weiter.«

»Bis Donnerstag!«, sagt Ellen. »Nicht vergessen. Halb acht, und zwar zu zweit.«

»Bis Donnerstag!«, wiederhole ich. »Ich werd's Cecilie ausrichten.«

Kristoffer schiebt seinen Stuhl zurück, steht im selben Moment auf wie ich. »Hat jemand Lust auf Eis?«

10

Unsere Schatten gehen nebeneinander den Bootssteg entlang. Seiner ist groß, meiner ist kleiner, und plötzlich schubst sein Schatten meinen mit beiden Händen.

»Was machst du da?«

»Dich mit deiner dunklen Seite vereinen.«

»Haha«, mache ich. Aber irgendwas an seinem Schattenschubser lässt mich für einen Moment ganz schwindelig werden.

Wir setzen unseren Weg auf der Strandpromenade fort.

»Ich glaube, ich erinnere mich an deinen Opa«, sage ich. »Saß er nicht immer in so 'nem alten roten Sessel aus Velours und hat den im Sommer sogar in den Garten getragen?«

»Stimmt. Alle Achtung!« Kristoffer wirft einen Blick zurück zum Boot, bevor er weiterredet: »Als wir in Grönland gewohnt haben, hat sich meine Mutter die ganze Zeit Sorgen um ihn gemacht. Ob er auch genug isst. Ob er ab und zu aufräumt und putzt.«

»Ob er genug isst …?«

»Seit Omas Tod lebt Opa von Schnaps und Hering. Jedenfalls, solange man ihm nichts anderes auftischt.« Kristoffer zuckt mit den Schultern. »Aber er kommt schon zurecht.«

»Gehört das Boot ihm?«

»Jupp. Ein altes Segelboot, aber mit einem Motor aufgerüstet. Sonst würde meine Mutter bekloppt vor Angst werden, wenn er damit herumfährt.«

Ein junges Paar mit einem großen schwarzen Labrador kommt uns entgegen. Der Hund läuft auf uns zu, bevor die Frau die Leine kürzer nehmen kann, und Kristoffer macht unwillkürlich einen Schritt zu mir hin.

»Immer noch Angst vor Hunden?«, frage ich.

Er braucht einen Augenblick für die Antwort, als müsse er abwägen, ob er seine Schwäche zeigen kann. »Nur vor sabbernden Höllenhunden«, sagt er dann und grinst schief.

Und einen Moment lang fühlt es sich irgendwie komisch an, hier neben ihm zu laufen. Die Luft duftet nach Meer und Pommes und auch ein bisschen nach seinem Körper; Aftershave, frischer Schweiß. Ich überlege, ob er mich auch riechen kann und welche Duftnoten er wohl wahrnimmt.

Dann macht er den Zauber zunichte, indem er fragt: »Was genau hat Cecilie?« Bevor ich antworten kann, fügt er hinzu: »Ich hab schon verstanden, dass es irgendwas Psychisches ist. Ich bin schließlich nicht dumm. Hat sie Depressionen?«

Ich müsste erleichtert sein, dass er das einfach so anspricht, dass ich mich nicht in irgendeine Lügengeschichte verstricken muss, aber trotzdem spüre ich einen Stich im Magen.

»Sie hat so eine Art Angst«, sage ich. »Immer mal wieder. Im Moment ist es besonders schlimm.«

»Okay.« Er wirkt überhaupt nicht überrascht. »Wie lange hat sie das schon?«

»Seit sie …« Ich versuche zurückzurechnen. »Seit sie fünfzehn ist, glaube ich. Anfangs hatte sie ständig Bauchschmerzen. Mama hat sie zu unzähligen Untersuchungen geschleppt, aber am Ende haben die Ärzte gesagt, dass es etwas Psychisches sein muss. Sie meinten, sie hätte wohl eine Winterdepression, aber es wurde nicht besser. Dann wollte sie nicht mehr zur Schule gehen und so. Ihr fällt vieles ziemlich schwer. Sie schafft Dinge nicht, die für andere leicht sind. Ihr Leben ist irgendwie einfach …«, ich muss ziemlich oft blinzeln, um mich nicht von der Erinnerung an etwas überwältigen zu lassen, dessen Anfang ich fast vergessen hatte, »… ins Stocken geraten.«

»Aber sie hat das Abi geschafft«, sagt er. »Fast jedenfalls. Es sei denn, sie kommt in allen Fächern dran. Ist das so?«

»Nein, daran ist sie gerade so vorbeigeschrammt.«

»Glück gehabt«, sagt er, ohne überzeugt zu klingen. »Sie ist ziemlich oft mitten in der Stunde verschwunden oder nach Hause gegangen. Die anderen sagen …« Er stoppt sich selbst, fährt dann aber doch fort: »Alle in der Klasse haben Verständnis für sie. Keiner denkt, dass sie es sich leicht macht oder dass sie nur zum Spaß schwänzt. Nur dass du's weißt.«

»Gut.« Meine Stimme klingt schwach. Er wirft mir einen schnellen Blick zu.

»Ich würde gern helfen. Also, wenn du meinst, dass ich irgendwas tun kann?« Er sagt das, als ob er wirklich glaubt, dass man etwas tun kann, um Cecilie zu helfen. Und das ist irgendwie wahnsinnig süß. Gleichzeitig ist es provozierend naiv.

»Ich hätte vielleicht mal mit ihr sprechen sollen, aber ...« Er schneidet eine Grimasse. »Du verstehst schon.«

Ich bin mir alles andere als sicher, ob ich ihn verstehe. Klar, meine Schwester ist nicht gerade eine, auf deren Tisch man seinen Hintern plumpsen lässt, während man ein Snickers isst, und die man fragt, wie crazy ihr letztes Wochenende war. Aber er war mal ihr Freund. Er hätte *irgendwas* sagen können.

»Mach dir deshalb keine Vorwürfe.« Meine Stimme klingt abweisend, das ist gut. »Morgen fängt sie eine Therapie an.«

»Okay, sie *bekommt* also professionelle Hilfe?«

»Ja.« Ich habe keine Lust, ihn darüber zu informieren, dass Cecilie schon früher zur Therapie gegangen ist, ohne dass das sehr viel länger geholfen hätte als die paar Wochen, die sie dort war. »Aber wenn es ihr schlecht geht, will sie am liebsten ihre Ruhe. Sie erträgt dann nur Mama und mich in ihrer Nähe.«

»Was ist mit eurem Vater?«

Ein Eis essendes älteres Ehepaar zwingt uns dazu, jeder in eine andere Richtung auszuweichen, und verhindert, dass er meinen Gesichtsausdruck sieht, der auf seine idiotische Frage folgt. Als wir wieder nebeneinanderlaufen, sagt er: »Eure Eltern sind doch noch zusammen, oder?«

»Ja. Papa hält sich nur ein bisschen raus.«

»Wo hält er sich raus?«, fragt Kristoffer.

»Na ja ... er hat es irgendwie aufgegeben, das Ganze zu verstehen.«

Wir kommen vor der Eisdiele zum Stehen.

»Macht dich das nicht wütend?«

»Das mit meinem Vater?«

»Ja? Weil er sich keine Mühe gibt, Cecilie zu verstehen?«

Ich sage: »Keine Ahnung. Es ist halt so, wie es ist. Man kann niemanden zwingen, etwas zu verstehen, das er nicht verstehen kann.«

»Er ist erwachsen, er ist euer Vater. Natürlich muss er sie verstehen. Das kannst du schon von ihm verlangen.«

»Du hast leicht reden.«

Er schaut mich einen langen Moment an, als hätte ich ihm gerade das verzwickteste Rätsel der Welt aufgegeben. »Ich hab die Schnauze voll von Leuten, die keinen Bock haben, sich in mich hineinzuversetzen.« Er betritt den Laden und stellt sich an, direkt hinter einer Mutter mit einem jammernden Jungen an der Hand. »Natürlich ist das furchtbar bequem«, fährt er fort. »Aber es gibt keine fucking Freifahrkarte, sich nicht mal Mühe zu geben, mich zu verstehen.«

»Oh, okay.«

»Und jetzt denkst du natürlich, ich bin scheinheilig«, sagt er. »Weil ich Cecilie nie gefragt hab, wie's ihr geht. Aber ich versuche tatsächlich, ein besserer Mensch zu werden. So wie jetzt gerade.«

Ich weiß wirklich nicht, was ich darauf sagen soll, deshalb starre ich ihn nur an. Aber er sieht nicht aus, als ob er mich bloß zum Lachen bringen wollte.

»Ich möchte andere gern verstehen«, erklärt er vollkommen ernst weiter. »Warum sie tun, was sie tun. Oder eben nicht.«

Ich sage: »Bei dir hört es sich an, als wäre es eine aktive Entscheidung, ob man jemanden versteht oder nicht.«

»Was sollte es auch sonst sein?« Er rückt in der Eisschlange nach, während ich auf dem Fleck stehen bleibe. »Warum fragst du deinen Vater nicht, was genau er nicht versteht?«

Die Mutter mit dem quengeligen Kind hat sich halb zu uns umgedreht und hört offenkundig zu, während der Junge versucht, sich von ihr loszureißen. Mein Gesicht wird heiß.

»Es muss ziemlich einfach sein, du zu sein«, sage ich. »Wenn in deiner Welt alles so offensichtlich ist.«

»Ach, glaubst du das?«

»Ja. Und jetzt gehe ich.«

»Bis Donnerstag«, sagt er, als ich ihm den Rücken zuwende.

11

Montagvormittag sitzen Cecilie und ich auf dem Sofa und sind bereit. Jede von uns hat sich an ein Ende zurückgezogen, ihren Laptop auf dem Schoß, und ich habe Jonas die ganze Zeit am Handy dabei. Um zehn wird das Prüfungsmodul aktualisiert, und wir erfahren, in welchen Fächern wir drankommen. Jede zweite Sekunde trifft mein Zeigefinger die F5-Taste. F5. F5. F5.

Dann passiert es.

»Sozialkunde!«

Es hätte Sozialkunde werden können oder Bio oder gar nichts, aber gar nichts hätte bedeutet, dass ich nächstes Jahr eine Prüfung mehr machen muss, deshalb bin ich froh. Jonas dagegen schickt mir ein Heer von Kackhaufen-Emojis. Die ganze Klasse wird im selben Fach geprüft.

Ich schaue auf. Cecilie ist blass geworden.

»Und? In welchen Fächern kommst du dran?«, frage ich.

Ihre Stimme zittert leicht, als sie aufzählt: »Physik, Französisch, Bio … Englisch und Geschichte.«

»Ist das nicht ziemlich … okay?«

»Geschichte ist die letzte Prüfung. Die muss ich schaffen, bevor ich die Studentenmütze bekomm«, sagt sie. »Scheiße. Verdammte Scheiße!« Tränen schießen ihr in die Augen.

Ich stelle den Computer auf den Couchtisch und krabble zu ihr rüber. Nehme sie in die Arme und streichle ihr über die Haare, die sich heute ein kleines bisschen fettig anfühlen. Ihr Gesicht direkt vor mir, die roten Nasenflügel, die Wimpern, weich und nass und ungeschminkt.

»Das wird schon«, beruhige ich sie. »Das schaffst du schon.«

»Ich bin so was von schlecht in Geschichte, ich kann mir keine einzige Jahreszahl merken. Und ich will nicht in Physik zur Prüfung! Mein Physiklehrer hasst mich.«

»Hör schon auf, du bist mega in Physik. Du bist 'n echter Physik-Nerd!«

Sie lächelt mich durch die Tränen an. Ich nutze den Moment aus, ihr Lächeln, sage: »Und später bei der Therapeutin lädst du den ganzen Scheiß ab. Den ganzen Mist, der dich so nervt. So machst du das, ja?«

Sie wird still.

»Du hast dran gedacht, dass der Termin heute ist, oder? Mama will um vier losfahren, ich hab ihr versprochen ...«

Sie unterbricht mich: »Ich weiß.«

Ein Teil von mir will sich erklären, sie daran erinnern, wie das mit der Therapie letztes Jahr ausgegangen ist.

»Mama sagt, die Therapeutin ist jung?«

Cecilie wischt sich mit der Hand übers Gesicht. Reibt mit der Handfläche fest unter den Augen entlang. Ich kann richtig spüren, wie sehr sie sich dagegen sträubt, auch nur darüber zu reden. Wie ein unsichtbarer körperlicher Widerstand in ihr entsteht.

»Du musst es wenigstens versuchen«, sage ich. »Es soll dir doch nur helfen.«

»Ja, ja.« Sie zieht laut die Nase hoch. »Aber versuch du mal, dir vorzustellen, wie das ist. Du sitzt einer Fremden gegenüber und bist gezwungen, ihr von deinen geheimsten Gefühlen und Gedanken zu erzählen.«

Ich sage: »Ja, das klingt wirklich nicht besonders schön.«

Am liebsten würde ich noch eine Menge mehr sagen.

Aber das tue ich nicht.

Mama ruft um halb drei an, um Bescheid zu geben, dass sie jetzt von der Arbeit nach Hause kommt, sodass wir noch einen Tee trinken können, bevor sie losfahren.

»Sie schläft«, berichte ich.

»Gut, dann wecken wir sie, wenn ich zu Hause bin.«

Um kurz nach drei schließt Mama die Haustür auf. Sie fragt, wie der Tag war. Ich sage, ganz okay, erzähle, in welchen Fächern Cecilie geprüft wird und in welchem ich. Wir lassen Cecilie noch fünf Minuten schlafen, trinken, am Küchentisch stehend, eine Tasse Tee. Dann gehen wir zusammen in Cecilies Zimmer. Vorsichtig zieht Mama die Jalousien ein Stück hoch. Drüben im Bett stöhnt meine Schwester und wälzt sich auf die andere Seite.

»Schatz?« Mama setzt sich auf die Bettkante. »Es ist Zeit. Du musst jetzt aufstehen, wenn wir pünktlich sein wollen.«

Cecilie rührt sich nicht. Ich bekomme Herzrasen, als die Finger meiner Mutter langsam, beinahe prüfend durch Cecilies Haare gleiten. Sie sind fettig. Ich hätte Cecilie daran erinnern sollen zu duschen, bevor sie sich hinlegt, aber jetzt ist es zu spät.

»Lilie?« Ich berühre Cecilies Zehen am Fußende, drücke sie sanft. »Ich mach dir die Haare. Komm.«

Endlich dreht sich Cecilie um und öffnet die Augen. »Ich muss erst aufs Klo.«

Wenig später kämme ich Cecilies Haare im Badezimmer, sprühe sie mit Trockenshampoo ein, wovon meine Schwester einen Hustenanfall kriegt. Während ich sie ausgehfein mache, schaut sie kein einziges Mal in den Spiegel. Stattdessen guckt sie die ganze Zeit starr nach unten ins Waschbecken.

»Auf geht's, Mädels!« Mama steht in der Türöffnung.

»Ich muss nur noch zur Toilette«, sagt Cecilie.

»Warst du da nicht gerade?«

Meine Schwester wirft Mama einen Blick zu, der sie dazu bringt, sich sofort zu entschuldigen: »Tut mir leid, mein Schatz. Selbstverständlich darfst du zur Toilette gehen.«

Cecilie schließt die Tür hinter sich, und Mama und ich gehen in die Küche.

»Kommst du mit?«, fragt sie.

Letztes Frühjahr bin ich fast immer mitgefahren, was bedeutete, dass ich eine ganze Stunde lang die Straßen auf und ab spazierte, während ich darauf wartete, dass Cecilie und Mama fertig wurden.

»Wenn du meinst?«

»Du musst nicht. Nur wenn du willst.« Sie lächelt und schwitzt, hat schon kleine dunkle Flecken unter den Blusenärmeln.

»Natürlich komm ich mit«, sage ich.

Zwei Minuten vergehen. Drei. Wir stehen da und lauschen auf das Geräusch der Spülung, aber alles bleibt still. Ich glaube, wir stellen uns beide vor, was hinter der geschlossenen Tür passiert. Ob Cecilie immer noch vor dem Spiegel steht und ins Waschbecken starrt, ob sie auf dem Rand der Badewanne hockt und Atemübungen macht. Als die Uhr ein paar Minuten vor vier anzeigt, gehen wir zurück in den Flur, und Mama klopft an die Badezimmertür.

»Schatz? Bist du so weit?«

»Nein.«

»Es ist schon …«

»Hetz mich nicht!«

»Okay. Aber wir müssen ziemlich bald los, ja?«

Keine Antwort.

Wir bleiben im Flur stehen und warten. Es wird zwei Minuten nach vier. Ich weiß, dass die Fahrt zu dem kleinen weißen Gebäude zwanzig Minuten dauert. Cecilies Termin bei der Therapeutin ist um halb fünf. Vorsichtig klopft Mama noch einmal. Ich gehe zurück in die Küche. Es ist wie so ein Unfall in Slomo, ich halte es nicht aus zuzugucken, aber es bleibt mir nichts anderes übrig, als zumindest zuzuhören.

»Cecilie? Wir müssen jetzt *wirklich* los.«

»Ich hab Bauchweh.«

»Wir haben noch Paracetamol, das hilft bestimmt.«

»Nicht diese Art von Bauchschmerzen.«

»Ja, aber was ist denn los?«

»Kannst du *bitte* von der Tür weggehen?«

Mama kommt zu mir in die Küche. Ihr Gesicht ist leer, als hätte sie ihren Gesichtsausdruck irgendwo auf den paar Metern zwischen Bad und Küche verloren. Ich weiß nicht, was ich sagen soll. Stattdessen beginne ich, die schmutzigen Kaffeetassen vom Frühstückstisch in die Spülmaschine zu räumen.

Papa kommt erst nach Hause, als das Abendessen fast fertig ist. Mama steht am Herd, ich bin dabei, den Tisch zu decken.

»Wie war es heute?«, fragt er.

»Ich komm in Sozialkunde dran.«

»Oh ja? Das ist ja toll.«

Erst da kapiere ich, dass er etwas anderes wissen wollte.

Er wirft mir ein schnelles Lächeln zu, kratzt sich an den Bartstoppeln am Kinn. »Und wie war's bei der Therapie?«

»Wir mussten leider absagen«, sagt Mama vom Herd aus, während sie das Essen abschmeckt. »Cecilie hatte Bauchschmerzen.«

»Bauchschmerzen?!?«

»Ja, Bauchschmerzen«, wiederholt sie ruhig, stellt die Salzmühle zurück an ihren Platz, nimmt die Pfeffermühle, klappert mit dem Topfdeckel.

»Wie viel ist es inzwischen? 3000 Kronen haben wir aus dem Fenster geschmissen – wenn wir die zwei Termine im Dezember mitzählen!«

Meine Mutter: »Tut mir leid, wenn es das Geld ist, das dir bei dieser Sache die meisten Sorgen macht.«

»Natürlich macht mir auch das Geld Sorgen«, sagt Papa. »So hatte ich mir das nämlich nicht vorgestellt, dass wir für etwas bezahlen, das wir nicht bekommen. Das ist doch sicher auch nicht in deinem Interesse?«

Sie antwortet nicht, füllt nur die Wasserkaraffe auf und reicht sie mir. Ich stelle die Kanne auf den Tisch.

Papa fuchtelt aufgebracht mit den Armen. »Ich rede mit Cecilie.«

»Thomas.« Mama versperrt ihm den Weg. »Es geht ihr nicht gut.«

»Das weiß ich«, sagt er und betont jedes einzelne Wort. »Und deshalb ist es verdammt noch mal wichtig, dass sie zu den Sitzungen geht.« Er bleibt vor Mama stehen und starrt sie an, bis sie zur Seite tritt.

Ich stelle das letzte Glas auf den Tisch. Dann schiebe ich mich ebenfalls in den Flur. Ich stelle mich neben das Regal und beobachte, wie mein Vater seinen Knöchel ein einziges Mal auf Cecilies Zimmertür treffen lässt, bevor er die Tür öffnet, ohne eine Antwort abzuwarten.

»Was ist mit deinem Bauch?« Seine Stimme ist laut geworden.

Ich kann die Antwort meiner Schwester nicht hören.

»Aber es ist wichtig, dass du hingehst. Mama kommt doch mit, du bist *nicht* alleine.« Er geht weiter in den Raum. Ich folge ihm, schleiche mich näher ans Zimmer, bis ich meinen Vater sehen kann. Jetzt runzelt er die Stirn, während er Cecilie zuhört. »Ja, das kann ich gut verstehen, aber manchmal muss man halt die Zähne zusammenbeißen und sich an die Absprachen halten, die man getroffen hat. Übernimm mal ein bisschen Verantwortung für dein Leben. Wir unterstützen dich, so gut wie können, aber du musst selbst wieder auf die Beine kommen. Du bist neunzehn Jahre alt, Cecilie. Genau genommen bist du erwachsen.«

Ich kann deutlich hören, dass sie weint.

Mein Herz klopft wie wild. Ich denke an das, was Kristoffer gesagt hat, dass Verständnis eine Entscheidung ist. Aber ich bin mir nicht mal sicher, ob ich selbst verstehe, was gerade in Cecilie vorgeht. Dabei *weiß* ich, dass ich mir wünsche, sie zu verstehen. Bloß ist da ein Teil von mir, der das nicht *kann*.

Plötzlich drückt sich Mama an mir vorbei und verschwindet in Cecilies Zimmer.

»Es gibt keinen Grund, jetzt darüber zu diskutieren.« Sie lässt sich auf der Bettkante meiner Schwester nieder, aber Cecilie kann ich immer noch nicht sehen.

»Was schlägst du stattdessen vor?«

»Ich glaube, es ist am besten, wenn wir uns eine Sache nach der anderen vornehmen. Jetzt geht es erst mal um die Prüfungen. Astrid hat schließlich auch Prüfungen, die beiden lernen zusammen.«

Ich sehe Papa an, dass er das, was er denkt, nicht laut aussprechen kann.

»Wenn es nach den Sommerferien nicht besser geworden ist, können wir die Therapie immer noch wieder aufnehmen«, sagt Mama.

Da geht er einfach. Aus dem Raum, an mir vorbei, aus der Haustür. Krachend fällt die Tür hinter ihm ins Schloss.

Nachdem ich mir die Zähne geputzt habe, lege ich mich zu Cecilie ins Bett. Ich ziehe die Bettdecke bis zum Kinn hoch und kann ihre Tränen in dem leicht feuchten Bettzeug riechen. Der Knoten in meinem Bauch macht sich bemerkbar. Beim Gedanken daran, dass meine Schwester keine Hilfe bekommt, zieht er sich noch ein Stück weiter zusammen. Dass wir die Einzigen sind, die sie hat.

»Ich kann überhaupt nichts«, sagt sie, während wir da in der Dunkelheit liegen.

»Doch, du kannst ganz viel.«

»Ich bin wie so ein kleines Kind.« Sie weint.

»Nein, das bist du nicht.«

»Ich hasse mich. Warum kann ich nicht einfach normal sein?«

»An dir ist überhaupt nichts falsch.«

Aber diese Antworten fühlen sich auf einmal an wie etwas, das ich vor langer Zeit auswendig gelernt habe. Ich glaube, ich bin besser darin geworden, sie abzuspulen, aber irgendwie klingen sie auch immer weniger überzeugend.

Ich hoffe, das hört sie nicht.

Es wäre schrecklich, wenn sie das hören würde.

12

Ich erzähle Cecilie erst Donnerstagvormittag von Ellens Einladung. Es gibt keinen Grund, das vorher anzusprechen, denn Cecilie schafft es eh nie mehr als ein paar Stunden im Voraus zu entscheiden, ob sie Kraft für etwas hat.

»Meditation?«, fragt sie und guckt mich an, als hätte ich ihr gerade vorschlagen, sich vierzehn Tage freizunehmen, um in ein Hippiedorf in Goa zu fahren.

»Ist gut gegen Stress und so.«

Die letzten Tage sind wir wie zwei Zombies durchs Haus geschlurft. In Jogginghosen, ungeschminkt und ohne einen festen Tagesablauf. Cecilie geht es ganz gut. Diese Tage ohne Richtung passen in ihr Leben. Dafür habe ich ein Jonas-Problem. Wir wollten uns Dienstag treffen, um unsere Interrail-Tour weiterzuplanen, aber ich musste den Termin auf Freitag verschieben, weil Cecilie einen kleinen Zusammenbruch wegen irgendwelchem übersehenem Physik-Stoff hatte.

»Was hast du Ellen über mich erzählt?«

»Nur, dass dich die Prüfungen nervös machen.« Ich spiele mit meinen Haaren, während ich ihrem Blick ausweiche und hoffe, dass sie nicht danach fragt, was ich Kristoffer erzählt habe. »Es geht aber auch einfach darum, dass sie uns wiedersehen will«, ergänze ich. »Glaube ich jedenfalls.«

»Wieso das?«

»Sie findet wahrscheinlich, das wäre nett.«

»Aber was, wenn Kristoffer auch zu Hause ist?«

»Ja und?«

Cecilie nimmt eine Haarsträhne in den Mund und kaut darauf herum. »Warum warst du überhaupt auf ihrem Boot?«, fragt sie, als wäre ihr gerade eingefallen, wie die ganze Geschichte begonnen hat. Und sie hat seltsam begonnen, da kann ich ihr nicht widersprechen.

»Ellen hat mich unten am Hafen entdeckt. Und dann hat sie mich halt eingeladen.«

»Hm«, sagt sie. »Das war am Sonntag, als du so genervt warst.«

»Was? Ich war nicht genervt.«

»Doch, du warst eingeschnappt, weil ich keine Lust zum Krocketspielen hatte. Dann bist du abgehauen und erst zwei Stunden später wieder nach Hause gekommen.« Sie schaut mir direkt ins Gesicht, während sie das feststellt. Meine Augen würden am liebsten ausweichen, aber ich zwinge mich zurückzustarren, auch wenn ich spüre, wie meine Wangen wärmer und wärmer werden.

»Ich krieg so was schon mit«, sagt sie. »Wenn ich dir auf die Nerven gehe.«

»So schlimm war's gar nicht«, ist das Einzige, was ich zu murmeln schaffe.

»Du musst dir jedenfalls irgendeine Ausrede einfallen lassen«, fährt sie fort. »Sag, dass wir zu viel um die Ohren haben.«

»Wir haben frei, um für die Prüfungen zu lernen. Das weiß sie doch.«

»Dann sag halt, dass wir krank sind.«

»Beide?!?«

»Dann schreib ihr, dass wir einfach nicht kommen. Irgendeine Lüge wird dir ja wohl einfallen.«

»Wir könnten doch auch einfach hingehen«, schlage ich vor. »Es ist ja nur für eine Stunde oder so.«

»Du willst wirklich gern zu Kristoffer nach Hause, was?« Sie stupst mich mit dem Fuß an.

»Ich finde nur, dass man sich an die Absprachen halten muss, die man getroffen hat.« Erst als es zu spät ist, merke ich, dass ich wie das Echo unseres Vaters klinge.

»Tja, dann kannst du ja hingehen«, sagt sie schnippisch. »Also, wenn du es wirklich nicht hinkriegst, mal was abzusagen.«

Am Abend trödele ich herum. Bleibe lange am Abendbrottisch sitzen. Räume nach dem Essen freiwillig die Spülmaschine ein, hänge in der Küche rum und schaue fern. Lasse mich aufs Sofa fallen und fange an, Cecilie die Füße zu massieren, obwohl sie mich gar nicht darum gebeten hat.

»Musst du nicht bald mal los?«, fragt sie, nachdem ich erst ihren einen, dann den anderen Fuß massiert habe und jetzt wieder von vorne anfange.

Mama kommt mit einem Korb voller Wäsche vorbei und fragt: »Wohin willst du denn?«

»Astrid hat ein Date.« In die Stimme meiner Schwester hat sich ein fremder Tonfall geschlichen.

Ein bisschen Spott.

Ein bisschen Schmerz.

»Das ist kein Date«, sage ich und richte mich auf. »Ellen hat mich eingeladen. Sie will mit mir meditieren.«

»Ellen? Die Mutter von Kristoffer?« Mama sieht verwirrt aus.

»Ja«, sage ich und stehe auf, weil ich wirklich nicht noch mehr neugierige Fragen gebrauchen kann. »Soll ich sie von dir grüßen?«

Im selben Moment, in dem Ellen die Tür öffnet, späht sie an mir vorbei, als ob sie jemanden hinter mir erwarten würde. »Hast du Cecilie nicht mitgebracht?«

»Ihr geht's leider nicht so gut.«

»Ist sie schon wieder krank?«

»Schon wieder?«

»Ach, Kristoffer hat bloß erwähnt, dass sie am letzten Schultag gefehlt hat.« Sie lässt mich ins Haus. »Aber ich freue mich, dass du trotzdem da bist. Willst du eine Tasse Tee, bevor wir loslegen?«

Sie bemerkt den Blick, mit dem ich den Raum scanne, als sie mich ins Wohnzimmer lotst, und sagt: »Kristoffer ist noch nicht zu Hause.«

»Okay?«, frage ich und versuche, ehrlich überrascht darüber zu klingen, dass sie denkt, diese Information würde mich überhaupt interessieren.

Wir sitzen auf dem Sofa und trinken Tee, der nach frisch gemähtem Gras schmeckt. Ellens und Kristoffers Wohnung ist klein und erinnert irgendwie an eine Höhle. Auf der Fensterbank drängen sich so viele Topfpflanzen, dass man gar nicht mehr rausgucken kann. Hinter uns an der Wand hängt ein riesiges abstraktes Gemälde in Rot, Orange und Tiefschwarz, lange Farbzungen, die wie auf die Leinwand geworfen wirken.

»Das ist echt strange«, sage ich. »Gefällt mir richtig gut.«

»Das ist von einer grönländischen Künstlerin.« Ellen nimmt einen Schluck Tee. »Buuti Pedersen.«

»Habt ihr gern dort gewohnt?«, frage ich. Dann fällt mir ein, warum sie zurückgekommen sind: die Scheidung. »Also, ich meine, es ist ziemlich schön dort, oder?«

»Einige Ecken von Grönland sind so schön, dass man es sich gar nicht vorstellen kann«, sagt sie. »Das muss man gesehen haben. Andere dagegen … sind weniger schön.« Ihr Blick wirkt plötzlich fern.

Ich würde ihr gern all diese Fragen stellen, die man Erwachsenen nicht stellen kann. Ob sie damals glücklich war, als wir Nachbarn waren, ob sie ihren Mann geliebt hat, ob sie sich in Grönland fremd gefühlt hat, ob es deshalb nicht geklappt hat.

»Glaubst du, Kristoffer vermisst Grönland?«, frage ich stattdessen.

»Ich glaube, dass er seinen Vater vermisst.« Sie gießt mir

leider Tee nach. »Aber er hat sich gut hier eingelebt. Besser, als ich zu hoffen gewagt habe. Er hat so viele Freunde, dass ich längst den Überblick verloren habe. Ständig geht er zu irgendwelchen Partys. Nur eine nette Freundin fehlt ihm noch.«

Ich weiß nicht so recht, was ich dazu sagen soll, also sage ich gar nichts, trinke bloß ein paar Schlucke Rasen-Tee.

»Damals, als ihr Kinder wart, hatte ich die alberne Vorstellung, Cecilie und er würden später mal ein Paar werden. Sodass wir eine schöne Zeit verbringen und von früher reden könnten, du weißt schon, dass wir eine gemeinsame Geschichte hätten. Besser als so ein fremdes, schüchternes Mädchen, mit dem mir beim Frühstück die Gesprächsthemen ausgehen.«

Ich sage: »Mhm«, als ob ich das total gut verstehen könnte.

»Weißt du ...«, setzt sie an, unterbricht sich dann aber und beginnt neu: »Ich will mich nicht einmischen, aber Kristoffer hat mir ein bisschen was erzählt. Cecilie und er gehen ja in dieselbe Klasse, und damals mochten sie sich so sehr. Deshalb habe ich gedacht ...«

»Aber damals waren sie doch noch klein«, wende ich ein. »Wir haben uns alle verändert.«

Sie lehnt sich zurück und mustert mich. »Ja«, sagt sie. »Das stimmt. Wir haben uns alle verändert.«

Als ich es endlich geschafft habe, die Tasse zum zweiten Mal zu leeren, bittet Ellen mich, mich auf den Boden zu legen. Ich lasse meinen Körper auf einem der kleinen weißen Lammfelle nieder, die wie Eisschollen überall im Wohnzimmer verteilt sind.

»Mach die Augen zu«, sagt sie. Und als ich nicht gleich gehorche: »Na mach schon.«

Ich wusste nicht, dass es sich so komisch anfühlt, in einem fremden Haus die Augen zu schließen. Es muss irgendein ursprünglicher Überlebensinstinkt sein, der dem Körper befiehlt, auf der Hut zu sein. Ich muss die Augen fest zukneifen und mich ständig selbst daran erinnern, sie geschlossen zu halten.

»Wir machen erst ein bisschen allgemeine Entspannung«, sagt Ellen. »Danach fangen wir mit der Meditation an.«

Ein Luftzug streicht über mich, als sie vom Sofa aufsteht und woandershin geht. Kurz danach wabern Panflötenklänge durch den Raum.

»Nimm den Kontakt deines Körpers zum Boden wahr«, beginnt sie. Ihre Stimme klingt plötzlich tiefer und weicher. »Spüre deinem Atem im Körper nach. Denk nicht darüber nach, nimm ihn nur wahr. Atme ein. Und aus. Sobald deine Aufmerksamkeit vom Atem weggeht, brichst du den Gedanken ab, der dir gerade durch den Kopf geht, und kommst zurück zu deinen Atemzügen: deinem Anker. Deine Gedanken sind nichts als Wellen, die durch dich hindurchgleiten, und du bist das Meer.«

Ich stelle mir vor, dass ich das Meer bin.

Eine tiefe, schäumende Dunkelheit.

Aber das ist mir irgendwie zu albern. Meine Gedanken heften sich ständig wieder an die Wirklichkeit und denken überhaupt nicht daran, an mir vorbeizugleiten. Jetzt kommt mir Cecilie in den Sinn, wie sie gesagt hat, dass sie schon mitkriegt, wenn sie mir auf die Nerven geht. Und ich überlege, was sie wohl gerade macht. Ob sie in ihrem Bett liegt oder mit unseren Eltern im Wohnzimmer sitzt. Vielleicht ist sie traurig, dass ich ohne sie gegangen bin, vielleicht findet sie, dass ich sie im Stich lasse, weil ich nicht abgesagt habe. Und warum liege ich überhaupt hier herum und spiele auf dem kalten Wohnzimmerboden eines fremden Hauses, dass ich das Meer bin?

»Sobald du merkst, dass sich deine Aufmerksamkeit von deinem Atem wegbewegt und zu Gedanken wird, führst du sie ruhig zurück. Atme ein. Und aus.«

Natürlich ist es in Ordnung, dass ich etwas ohne meine Schwester mache, das weiß ich selbst. Der Gedanke an sie lenkt mich aber trotzdem ab, weil ich den Magneten ausgerechnet jetzt spüre, genau weiß, dass sie mich braucht.

»Nun bewegst du deine Aufmerksamkeit langsam von deinem Atem hinunter zu deinem Bauch.«

Der Bauch.

Die Arme.

Die Beine.

Die Füße.

Mein Körper beginnt, sich schwer anzufühlen. Kurz darauf bin ich allein mit der Panflötenmusik und befinde mich an einem seltsamen Ort, an dem ich zwar merke, dass ich wach bin, aber vergessen habe, wo ich bin.

»Astrid?« Ihre Stimme ist sanft, aber ich zucke trotzdem zusammen. Ich habe keine Ahnung, wie lange ich gedöst habe.

»Bleib noch ein bisschen liegen und lass dir Zeit, um wieder zu dir zu kommen. Ich setze einen Tee auf.«

Ein Luftzug streicht über mich hinweg, als sie an mir vorbeigeht. Kurze Zeit später höre ich den Wasserkocher in der Küche, ein leises Klappern, eine Tür, die auf- oder zugeht. Ich habe keine Lust, die Augen zu öffnen. Lieber möchte ich noch ein bisschen hier liegen, gefangen zwischen Sein und Nicht-Sein.

Aber dann macht sich ein komisches Gefühl in mir breit.

»Hi!«, sagt Kristoffer, weniger als zwei Meter von mir entfernt. Er liegt auf der Seite, den Ellbogen auf dem Boden aufgestützt und den Kopf darauf abgelegt. Als er meinen Gesichtsausdruck sieht, grinst er.

»Wie lange liegst du schon hier?!?« Ich schnelle hoch, lege meine Hand auf mein wild hämmerndes Herz, sein Blick folgt ihr, schnell bewege ich die Hand weg.

»Schon eine ganze Weile. Hast du gut geträumt?«

»Ich habe nicht geträumt. Ich hab nämlich *nicht* geschlafen.«

»Du hast geschlafen«, widerspricht er. »Du hast sogar leise im Schlaf geschmatzt.«

Ellen kommt mit zwei Tassen Tee zurück ins Wohnzimmer. Sie lächelt, als sie uns auf dem Boden entdeckt.

»Wollt ihr den Tee nicht mit nach oben nehmen?«, fragt sie und hält uns die Tassen hin, als ob sie nie für mich und sie gedacht gewesen wären.

13

Kristoffers Zimmer liegt oben unterm Dach. Die Wände sind schräg. Außer seinem Bett gibt es keine andere Möglichkeit, sich hinzusetzen. Immerhin ist dort Platz genug.

»Das hier werde ich ganz bestimmt nicht trinken«, sagt er, stellt die Teetasse auf eine Kommode und lässt sich aufs Bett fallen.

»Ich hab schon zwei Tassen intus«, sage ich und stelle meine Tasse ebenfalls weg. »Das ist mehr als genug.«

»Meine Mutter kapiert einfach nicht, dass nicht alle davon träumen, von Weizengras und Grünkern zu leben«, sagt er. »Ich vermisse ordentliche Frikadellen, echt jetzt. Eine gute dänische Frikadelle ohne irgendwelchen Schnickschnack. Die kriegt man hier bei uns einfach nicht.«

»Schon mal dran gedacht, einfach selbst zu kochen?«

»Ich kann nicht kochen«, sagt er.

»Dann lern's halt!«

»Ich bin zu faul.«

»Frikadellen sind superleicht. Das kann ich dir in zehn Minuten beibringen. Höchstens!«

»Abgemacht!«, sagt er, streckt mir die Hand hin und lässt sie vor sich in der Luft hängen, bis ich sie nehme und schüttele. Keine Ahnung, wie das passieren konnte, aber plötzlich haben wir ein Frikadellendate, irgendwann in der Zukunft.

»Wozu hast du Lust?«, fragt er und zieht seinen Laptop unter dem Bett hervor. »Sollen wir einen Film gucken?«

Ich bin fast ein bisschen erleichtert über seinen Vorschlag; dass er nicht vorhatte, bloß hier zu rumsitzen und sich gegenseitig anzuglotzen, während wir krampfhaft versuchen, ein Gesprächsthema zu finden.

Er guckt auf den Bildschirm, dann wieder hoch. »Was hältst du von *Grease*?«

»*Grease?!?*«

»Ist das nicht der Lieblingsfilm aller Mädchen?«

»Du kannst *Grease* doch nicht einen Mädchenfilm nennen!«, sage ich. »Das geht echt nicht.«

»Wie kann man denn was gegen *Grease* haben?« Er lächelt, sieht aber ziemlich verwirrt aus. »Das ist doch der ultimative Feel-Good-Film über die Oberstufe.«

»Pass auf«, sage ich. »Erstens: die Geschlechterrollen. Der Bad Boy, der nur an Sex denkt, und das brave Mädchen, das nur an Liebe denkt? *Warum* kann nicht das Mädchen an Sex denken und der Typ an Liebe?«

»Ich glaub, Danny denkt an beides«, sagt Kristoffer. »Und Sandy denkt auch ab und zu an Sex. Kennst du das Ende nicht?«

»Das Ende?«, rufe ich. »Lass uns nicht davon anfangen!« Aber ich bin schon mittendrin. »Warum, bitte, muss sie sich am Schluss *verändern*? Warum kann sie nicht einfach sie selbst sein?«

»Sie macht das für ihn. Ist das nicht ziemlich romantisch?«

»Du findest also, es ist romantisch, dass sie sich *für ihn* ändern muss?«

Er zuckt mit den Schultern. »Ich nehme an, dass *er* will, dass *sie* ihm zeigt, dass *sie* ihn will, weil sie die ganze Zeit so rüberkommt, als würde sie ihn nicht wollen.«

»Um die Liebe eines Kerls zu bekommen, muss sie also andere Klamotten anziehen, sich eine Dauerwelle machen lassen, heimlich anfangen zu rauchen und sich so eine Komm-und-nimm-mich-Haltung zulegen?«

»Das ist ein verdammtes Happy End«, sagt er.

»Nee, das ist mega-sexistisch! Und Tausende Teenager gucken den Film immer noch, obwohl er dreißig Jahre und eine MeToo-Debatte zu alt ist.«

»Fuck«, sagt er. »Sollen wir lieber *Pippi Langstrumpf* gucken?«

»Gern, alles außer *Grease*.«

»Das hab ich inzwischen auch kapiert.« Er klingt ein winziges bisschen genervt. In diesem Moment kommt ein Skype-Anruf auf seinem Laptop rein. Er klickt auf den grünen Telefonhörer, dreht den Bildschirm zu sich.

»Hallo, na du … Wie war dein Tag?«

Ich erinnere mich kaum an Kristoffers Vater, es waren immer Ellen und der Großvater, die sich zu Hause um uns gekümmert haben. Aber trotzdem erkenne ich die Stimme: ein leichter Akzent, so eine besondere Satzmelodie.

»Ich war am Strand und hab gelernt. Aber, Papa, ich hab gerade Besuch.«

»Oh, von wem denn?«

Kristoffer schaut mich über den Rand seines Laptops an, hält meinen Blick länger, als es gegenüber seinem Vater höflich ist.

»Nur jemand aus der Schule«, sagt er dann und richtet den Blick wieder auf den Bildschirm.

»Soll ich später noch mal anrufen?«

»Ich melde mich morgen.«

»Okay, dann sprechen wir morgen. Hab einen schönen Abend, ja?«

Kristoffer klappt den Computer zu und schiebt ihn unters Kopfkissen. Offensichtlich war es doch entweder *Grease* oder gar kein Film. Und jetzt wirkt er auf einmal unruhig, steht auf, geht zum Dachfenster, öffnet es.

Mit Scheidungen kenn ich mich nicht besonders gut aus. Jonas' Vater ist gestorben, als Jonas zwölf war, aber das ist was ganz anderes, und in meiner Familie gibt es nur einen Onkel und eine Tante, die nicht mehr zusammen sind. Bestimmt tut es weh, wenn Mutter und Vater sich trennen, aber wie groß diese Wunde ist, kann ich nicht einschätzen.

»Besuchst du deinen Vater oft?«

»Nach Nuuk fliegt man sechs Stunden. Also …«

»Also nicht so oft?«

Er antwortet nicht, geht stattdessen zu einer niedrigen Kommode, zieht eine Schublade auf und kramt darin, bevor er sich wieder zu mir umdreht, ein Schachbrett in den Händen.

»Was machst du da?«

Wir sitzen beide im Schneidersitz auf dem Bett, das Schachbrett zwischen uns. Kristoffer hat die Ellenbogen auf die Knie gestützt und den Kopf auf den Fäusten abgelegt. Jetzt späht er zu mir rüber, mit ernstem Blick.

»Wonach sieht es denn aus?«

»Du hast dich *schon wieder* selbst schachmatt gesetzt?«

»Okay, lass es mich rückgängig machen ...«

»Schon wieder«, sagt er. »Schon wieder lasse ich dich schummeln.«

Schnell setze ich den Turm zurück, damit mein König beschützt ist, schicke meinen Springer zurück. »So.«

»Vielleicht hätten wir doch besser einen Film gucken sollen«, sagt er und zieht seine Dame. »Schachmatt. Und diesmal darfst du nichts mehr rückgängig machen.«

»Hab ich jetzt echt verloren?!?«

»Ja, du hast echt verloren. Und zwar zum zweiten Mal.« Er fegt die Figuren vom Spielbrett und räumt sie in ein kleines Ledersäckchen.

»Wer hat dir das Schachspielen beigebracht?«, frage ich. »Dein Vater?«

Er sagt: »Niemand. Es liegt an dir, es ist völlig unmöglich, dich *nicht* zu schlagen.«

»Sehr witzig.«

»Der Gewinner bestimmt«, sagt er. »Und deshalb gucken wir jetzt *Grease*.«

Ich protestiere nicht. Lehne mich einfach an die Wandschräge. Kristoffer tut es mir nach. Der Film flimmert auf dem

Computerbildschirm an mir vorbei. Er ist genauso schlecht, wie ich ihn in Erinnerung hatte. Aber ihn scheiße zu finden, macht Spaß. Ich kommentiere die Geschlechter-Stereotype. Zähle alles auf, was mir an der Handlung und den Wertvorstellungen des Films auf die Nerven geht.

Kristoffer hört zu. Sagt »Okay« und »Na ja« und gibt ein lang gezogenes »Puuuh« von sich, wenn er anderer Meinung ist.

Dann zieht er plötzlich die Bettdecke heran und breitet sie sorgfältig über meinen Beinen aus, über meinem Bauch.

»Mir ist nicht kalt«, sage ich und strampele mich frei.

»Wenn man sich beim Filmgucken in eine Decke einkuschelt, hat das nichts damit zu tun, dass man friert«, erklärt er und stopft die Decke energisch um mich herum fest, als würde er ein bockiges Kind ins Bett bringen. »Man macht das, weil es gemütlich ist. Aber vielleicht hast du davon noch nie gehört?«

Ich knuffe ihn in die Seite. Er knufft zurück. Wir gucken weiter, und es vergehen nur ein paar Minuten, bis er näher an mich heranrückt, ganz heimlich, als würde er nur eine bequemere Sitzposition suchen. Ich behalte jede seiner Bewegungen im Blick. Kein Millimeter der Reise, auf die sich seine Hand auf der Decke begibt, entgeht mir. Langsam fühlt es sich so an, als guckten wir einen Film, den keiner von uns guckt.

Sein Atem.

Mein Atem.

Wie ein unruhiger Wellengang.

Da summt auf einmal mein Handy. Ich habe es in der Hosentasche, und jedes Summen lässt mein komplettes Bein vibrieren. Ich nestle nach dem Telefon. Cecilies Gesicht leuchtet mir vom Display entgegen. Ich stelle das Handy auf lautlos und schmeiße es vor mich aufs Bett. Der Anruf erstirbt, aber es dauert nur Sekunden, bis das Display erneut aufleuchtet. Ich versuche, den Anruf zu ignorieren. Starre auf den Laptop, auf dem der Film weiterläuft. Endlich wird das Handydisplay schwarz. Aber nach einer Minute leuchtet es wieder auf.

»Musst du nicht rangehen?«, fragt Kristoffer. »Scheint wichtig zu sein.«

»Ich schick ihr nur schnell eine Nachricht.« Ich tippe eilig und achte darauf, mich so zu drehen, dass Kristoffer nicht mitlesen kann. Während ich noch dabei bin, zu schreiben, trudelt eine Nachricht von Cecilie ein: **RUF ZURÜCK!**

Ich denke nur eine Sekunde darüber nach, bevor ich die Decke zurückschlage und aus dem Bett krieche. »Ich muss leider gehen.«

»Warum denn das? Ist was passiert?«

Plötzlich nervt mich alles an dieser Situation unendlich. Als ob Kristoffer irgendein Recht hätte zu wissen, was in meinem Leben passiert. Als ob Cecilie das Recht hätte, mich zurück nach Hause zu rufen.

»Nein, ist schon gut. Ich muss einfach nur los.«

Er schiebt die Unterlippe vor. »Aber Astrid. Ich habe mich schon auf deine Analyse des Happy Ends gefreut.«

Ich sage: »Sorry, aber das musst du jetzt wohl allein hinbekommen.«

14

Ich rufe nicht zurück. Ich fahre einfach los.

Als ich nach Hause komme, sind meine Eltern gerade auf dem Weg ins Bett. Ich sage ihnen Gute Nacht und gehe dann Richtung Badezimmer. Cecilies Zimmertür ist zu, und als ich sie aufschiebe, fährt meine Schwester zusammen. Sie sitzt hinter ihrem Computerbildschirm im Bett, aber jetzt knallt sie den Laptopdeckel zu.

»Hast du nicht gesehen, dass ich angerufen hab?« Ihre Wangen sind gerötet. »Ich hatte eine schreckliche Vorahnung, ich war mir sicher, dass dir was passiert ist. Dass du überfahren oder vergewaltigt worden bist!«

»Mir geht's gut.«

»Warum bist du nicht ans Handy gegangen?!?«

Darauf habe ich keine gute Antwort, trotzdem lässt sich mein Gehirn blitzschnell etwas einfallen: »Ich hab's auf lautlos gestellt und dann vergessen, den Ton wieder einzuschalten.«

»War Kristoffer da?«

»Mhm.«

Sie schaut mich prüfend an.

Ich sage: »Ich geh Zähne putzen.«

Als ich vor dem Spiegel stehe und meine Zähne schrubbe, kommt sie dazu und bleibt im Türrahmen stehen. »Was habt ihr gemacht?«

»Meditiert.«

»Drei Stunden lang?«

»Wir haben auch noch einen Film geguckt.«

»Es war also *doch* ein Date?«

Ich stecke die Zahnbürste wieder in den Mund und versuche, ihr über Gesten zu erklären, dass sie das falsch versteht, aber sie sperrt nur die Augen weit auf, als ob sie nicht kapieren würde, was ich sagen will. Ich spucke aus, spüle mir den Mund aus, hebe den Kopf und treffe den Blick meiner Schwester im Spiegel.

»Er wollte *Grease* gucken«, erkläre ich. »*Grease*, verstehst du? Ausgerechnet *Grease*! Er hat einen wirklich, wirklich schlechten Filmgeschmack.« Meine Stimme klingt viel zu laut.

Sie starrt mich im Spiegel einige lange Sekunden an, es kommt mir vor, als würde sie mich mit Blicken ausziehen. Endlich sagt sie etwas: »Er ist ein ziemlicher Fuckboy.«

»Er ist *was*?«

»Ein Fuckboy. Du weißt schon, er … vögelt sich durch die Gegend.«

»Okay …« Mein Körper fühlt sich komisch an. Als ob ich oben an der Decke schweben und uns von außen beobachten würde: mich und meine Schwester. Dieses Gespräch.

»Ich will nur nicht, dass er dir wehtut.«

»Ich hab doch gesagt, dass es kein Date war!«

Cecilie geht zurück in ihr Zimmer. Legt sich ins Bett. Ich folge ihr. Sie zieht die Decke bis ans Kinn hoch und guckt mich aus großen Augen an. Ich schlucke einen Brocken schlechtes Gewissen. Setze mich zu ihr. »Wie war denn dein Abend?«

»Jedes Mal, wenn ich Luft hole, tut es höllisch weh. Es fühlt sich echt so an, als hätte ich Messer im Rücken.«

»Autsch.«

»Und Papa ist immer noch sauer, weil ich nicht zur Therapie gegangen bin.«

Ich sage: »Papa ist immer sauer und gestresst, weil er zu viel arbeitet.« Aber ich bin mir ziemlich sicher, dass das nicht die ganze Wahrheit ist.

»Es fühlt sich an, als würde ich in dieser Familie alles kaputt machen.« Cecilie starrt an die Decke. »Ich bin schuld, dass Papa sauer ist und dass Mama sich ständig von der Arbeit freinimmt. Alles ist meine Schuld.«

»Mama und Papa helfen dir gern«, beruhige ich sie. »Egal, womit.«

»Manchmal denke ich, es wäre leichter, wenn ich die Schule schmeißen würde. Dann müsstet ihr nicht alle so viel Rücksicht auf mich nehmen. Und ich könnte mir Zeit nehmen, um gesund zu werden. In meinem eigenen Tempo.«

»Aber du musst doch nur noch die Prüfungen hinter dich bringen!«, sage ich. »Das wäre ja …« Beinahe hätte ich ›total bescheuert‹ gesagt, aber mache im letzten Moment »ärgerlich« draus.

»Es macht mich völlig fertig, an die Prüfungen zu denken, jetzt, wo sie näher kommen. Dann läuft meine Angst komplett Amok.«

»Du wirst das schon schaffen«, sage ich.

»Ich könnte mich auch krankmelden und die Prüfungen im August nachholen. Dann hätte ich mehr Zeit zum Lernen.«

»Hör schon auf«, sage ich. »Wir büffeln zusammen. Bis jetzt hat das doch super geklappt.«

»Findest du?«

»Ja. Und du kannst den Stoff. Du musst dich nur daran gewöhnen, vor anderen drüber zu reden. Wir können so 'ne Art Rollenspiel machen, wo ich die Lehrerin bin.«

»Vielleicht«, sagt sie. »Gleich morgen?«

»Morgen bin ich erst mal mit Jonas verabredet.« Ich bohre meine Fingernägel fest in die Handflächen, während ich beobachte, wie Cecilies Gesichtsausdruck in sich zusammenfällt, als ob sie meine Verabredung mit Jonas vergessen hätte. Jetzt rückt sie im Bett zur Seite.

»Bleibst du hier, bis ich eingeschlafen bin? Wir könnten diese Übung machen, bei der ich deinem Atem folge.« Sie schlägt die Decke zurück, und ich krieche zu ihr ins Bett. Wir liegen Seite an Seite und zählen, bis wir im selben Rhythmus atmen.

Früher waren wir wie Zwillinge.

Nun merke ich auf einmal, dass ich dabei bin, ihr zu entwachsen.

15

Um elf treffe ich mich mit Jonas am Hafencafé. Das war immer unser Stammcafé, aber jetzt, als wir hier so stehen, fällt mir auf, dass wir seit Wochen nicht mehr hier waren.

Normalerweise schlürfen wir erst mal einen Cappuccino und lästern ein bisschen über die anderen in der Stufe, bevor wir die ernsteren Themen in Angriff nehmen. Aber heute haben wir noch nicht mal bestellt oder auch nur einen Platz draußen in der Sonne gefunden, als Jonas auch schon sagt: »Ich finde, wir sollten Veronica fragen, ob sie mit auf unsere Interrail-Tour kommt.«

Ich kann nicht anders, als so zu tun, als hätte ich ihn nicht gehört. Mein Herz rast, und ich fühle mich beinahe blind vor Schock, während ich dankbar einer Mutter mit Kinderwagen zunicke, die signalisiert, dass wir ihren Tisch haben können. Als wir kurz darauf jeder auf einem Korbstuhl in der Sonne sitzen, fährt Jonas fort: »Sie hat noch überhaupt keine Pläne für den Sommer.«

Zum Glück kommt in diesem Moment die Kellnerin. Sie begrüßt uns lächelnd, fragt, ob wir frühstücken oder einen Blick in die Karte werfen wollen.

»Wir nehmen bloß zwei Cappuccino«, sage ich. »Mit extra Milchschaum, bitte.«

»Gern.«

»Ich hätte lieber eine Holunderblütenschorle«, sagt Jonas da. Er guckt mich beinahe entschuldigend an und fügt hinzu: »Es ist megaheiß.«

»Ein Cappuccino mit extra Milchschaum und eine Holunderblütenschorle«, wiederholt die Kellnerin, als wollte sie unsere Verschiedenheit unbedingt hervorheben.

Jonas legt den Kopf schief. »Also, was sagst du dazu?«

»Wozu?« Ich versuche, nicht gereizt zu klingen, aber jetzt umschwirrt mich eine Wespe, sodass mir gar nichts anderes übrig bleibt, als wild um mich zu schlagen.

»Veronica. Die Interrail-Tour.«

»Du willst den Veronicaraptor zu einer Reise einladen, die wir schon seit Beginn der Oberstufe planen?«

»Kannst du bitte aufhören, sie so zu nennen?« Er seufzt. So einen tiefen, müden Seufzer, der eigentlich gar nicht zu ihm passt. »Sie ist halt irgendwie einsam.«

»Sie ist ein trauriger Fall.«

»Komm schon«, sagt er. »Du weißt selbst, dass es nicht leicht ist, neu in die Klasse zu kommen.«

»Du machst Witze, oder? Veronica ist seit Dezember bei uns!« Ich zähle ihm an den Fingern vor: »Dezember, Januar, Februar, März, April, Mai, Juni. Sieben Monate!«

»Ja, aber sie kommt aus Aalborg. Und sie hängt mit uns rum, mit den anderen redet sie kaum.«

»Was hat Aalborg damit zu tun?«

»Sie passt zu uns«, sagt er, aber das ist eine Lüge. Veronica passt vielleicht zu Jonas, und möglicherweise passt Jonas auch zu Veronica, aber niemand passt mehr zu Astrid.

»Könntest du wenigstens drüber nachdenken?«, fragt er.

Ich gebe ein »Mhm« von mir, das er gern selbst interpretieren darf.

»Und sonst? Hängst du die ganze Zeit zu Hause rum und lernst mit Cecilie?«, fragt er in seinem Ich-frag-das-einfach-mal-so-Tonfall.

»Ja. Du lernst wahrscheinlich mit Veronica?«

»Wir haben nur einen einzigen Nachmittag zusammen gelernt.« Er kratzt an etwas auf der Tischplatte herum, das wie ein eingetrockneter Kaffeefleck aussieht. »Geht's Cecilie besser?«

»Sie kommt klar.«

Die Kellnerin bringt ein Tablett mit unseren Getränken. Jonas' Glas ist hoch und schmal. Eiswürfel schwimmen darin und klirren, wenn sie an die Glaswand stoßen. Meine Cappuccino-Tasse ist klein und breit, der Milchschaum liegt wie eine riesige, wippende Woge über dem Kaffee. Jonas bedankt sich und nimmt einen großen Schluck. Ich sage nichts. Ich schaffe es nicht mal zu lächeln, als die Kellnerin die Rechnung diskret unter den Stein mit der Tischnummer schiebt.

»Okay, soll ich dir die Wahrheit sagen?«, fragt Jonas jetzt. »Ich bin auch darauf gekommen, weil es sicherer ist, wenn wir zu dritt sind.«

»Was ist das denn für ein Elternspruch? So was hättest du früher *nie* gesagt.«

»Ich mein doch bloß, falls …« Er unterbricht sich selbst. »Was ist, wenn irgendwas passiert und du abspringst?«

»Warum sollte ich abspringen?«

»Was, wenn irgendwas mit Cecilie ist? Wenn es ihr so schlecht geht, dass du zu Hause bleiben musst?«

Es ist, als hätte sich mein bester Freund in einen Elefanten verwandelt, der absichtlich auf meinen kleinsten und empfindlichsten Zeh tritt.

»Ich werde nicht abspringen«, versichere ich. »Ganz egal, was passiert.«

»Okay.« Jonas starrt aufs Wasser.

Ich rühre und rühre in meinem Cappuccino. »Vielleicht sollten wir heute einfach gar nichts planen. Also, wenn du eh vorhast, dass sie mitkommt. Vielleicht hat sie gar keinen Bock auf die Route, die wir ausgesucht haben. Vielleicht will sie ganz andere Länder sehen.«

»Sie ist supergespannt auf Budapest«, sagt Jonas.

Ich rühre heftiger. Milchschaum spritzt über den Tassenrand. »Du hast also schon mit ihr geredet?«

»Na ja, sozusagen.« Er leert sein Glas, bevor er weiterspricht. »Aber wir machen das nur, wenn es für dich okay ist.«

»Ich hab ja kaum eine Wahl, oder?«

Er guckt auf seine Hände. »Es fällt mir nicht leicht, mit dir drüber zu reden. Ich hasse Konflikte. Und du bist immer noch meine beste Freundin, okay? Aber Veronica ist wirklich nice. Sie ist so authentisch.«

»So authentisch«, wiederhole ich.

»Man kriegt in ihrer Nähe automatisch gute Laune, findest du nicht?«

Darauf antworte ich nicht. Mein Puls pocht gleichzeitig schnell und langsam, es ist, als könnte ich jedem einzelnen Pulsschlag folgen, der gegen meine Schläfen hämmert.

»Denk doch wenigstens mal drüber nach«, sagt Jonas.

Ich schaue übers Meer, während ich einen Schluck Kaffee nehme. Der Milchschaum bleibt in einem fetten Bogen an meiner Oberlippe hängen. Mit einer schnellen Zungenbewegung schlecke ich ihn auf.

»Äh. Du hast da auch noch was ... Da ...« Jonas zeigt auf seine eigene Oberlippe. Ich wische die Reste mit dem Handrücken weg.

Wir sitzen schweigend da.

Ich versuche, mir etwas einfallen zu lassen, worüber wir reden könnten. Irgendwas, über das wir überhaupt reden können. Es fühlt sich an, als hätte er eine Bombe auf unsere Freundschaft geworfen. Das bisschen Lust, ihm von Kristoffer zu erzählen, das am Anfang unseres Treffens in mir aufgekeimt war, ist tot und begraben. Jetzt würde ich eher zugeben, mich mit dem Duschkopf zu befriedigen, als ihm vom gestrigen Abend zu erzählen.

Jonas hat sein Handy aus der Tasche geholt.

Wir waren nie solche Freunde, die sich gegenübersitzen und auf ihre Handys starren.

Aber jetzt tue ich es ihm nach.

16

Die Lernphase scheint plötzlich unendlich lang. Auf einmal grüble ich über Dinge, über die ich vorher noch nie nachgedacht habe.

Zum Beispiel darüber, was man eigentlich von einem besten Freund erwarten kann.

Darüber, was ich im nächsten Jahr machen soll, falls das mit Veronica und Jonas was wird.

Wie sich eigentlich Verliebtheit anfühlt.

Es ist ziemlich unpraktisch, mit dieser Art Grübeleien anzufangen, wenn man sich eigentlich aufs Lernen konzentrieren müsste. Noch elf Tage, bis Cecilie in Physik dran ist, und vierzehn Tage bis zu meiner Sozialkundeprüfung. Die macht mich nicht nervös. Ich bin gut in der Schule, ich passe im Unterricht auf, und ich habe einen Computer voller PowerPoint -Präsentationen und einen Stapel handschriftlicher Notizen. Cecilies Physikwissen dagegen hat Lücken: Stunden, an denen sie nicht teilgenommen hat, Notizen, die sie nie gemacht hat.

»Sollen wir das mit dem Rollenspiel ausprobieren?«, frage

ich, nachdem wir eine Stunde lang versucht haben, ihre wenigen Seiten Physikmitschriften zu ergänzen. Wir sitzen in der Küche, es ist Samstagvormittag, und unsere Eltern sind zum Einkaufen unterwegs.

»Also, ich bin deine Prüferin«, sage ich. »Und die Lehrerin.«

Die Hände meiner Schwester, die das Physikbuch halten, beginnen zu zittern. Es wirkt übertrieben. Als hätte man einer Schauspielerin das Stichwort »Zittern!« gegeben, und jetzt zittert sie.

»Das ist doch nur ein Spiel«, beruhige ich sie.

»Können wir das Spiel nicht einfach sein lassen?«

»Wir haben abgemacht, dass wir es ausprobieren. Und es ist gut, die Situation zu üben. Du musst dir ja nur vorstellen, wie es wäre.«

»Die Vorstellung macht mich aber ganz verrückt.«

»Du schaffst es, dir das vorzustellen.« Ich zeige auf sie. »You got this!« Es gibt nur einen in unserer Familie, der meiner Schwester erzählen darf, dass sie Dinge schafft, ohne dass sie ihm den Kopf abreißt – und dieser Jemand bin ich.

»Okay, lass uns anfangen.« Ich räuspere mich. »Guten Morgen, Cecilie. Kannst du uns ein bisschen was über Quantenphysik erzählen? Genau genommen ...« Ich überfliege das Blatt, das ich mir ganz oben vom Stapel der Physikunterlagen geschnappt habe. »... was ist ein Quantensprung?«

Cecilie verbirgt ihr Gesicht hinter dem Buch. Hält es so hoch, dass ich sie nicht länger sehen kann. Mehrere Sekunden vergehen. Vielleicht eine halbe Minute.

»Musst du unbedingt mit so einer Männerstimme reden?«, fragt sie, immer noch hinter dem Buch versteckt.

»Das würdest du aber nie zu einem Prüfer sagen.«

»Warum musst du ausgerechnet das schwierigste Thema zuerst nehmen?«

»Ich habe keine Ahnung von Physik. Sollen wir mit irgendwas anderem anfangen?«

»Ich kann dich jedenfalls nicht ernst nehmen, wenn du mit so 'ner Fake-Männerstimme sprichst.« Sie streckt die Nase über den Buchrand, und ich erkenne an ihren Augen, dass sie grinst. Sie zögert die Antwort noch weiter hinaus. Schielt, bewegt die Pupillen langsam von einer Seite zur anderen.

Warum sitze ich mit dir hier drinnen?, denke ich. *Warum bin ich nicht bei Jonas und kümmere mich um meine eigene Prüfung?*

»Okay, das hat keinen Zweck.« Ich lasse das Blatt auf den Tisch sinken, stehe auf.

»Nicht sauer sein«, sagt sie.

Aber ich bin nicht sauer. Ich bin irgendwas anderes, und es rauscht in meinem Körper. Es ist nicht nur meine Schwester, es ist das ganze Haus, die Küche, die Gerüche, das alles gibt mir das Gefühl, eingesperrt zu sein. Ich glaube, sie sieht mir an, wie es mir geht.

»Ich bin jetzt ganz ernst«, sagt sie. »Entschuldige, bitte entschuldige. Also … Quantenphysik.«

»Der Quantensprung«, verbessere ich sie und setze mich wieder. Im selben Moment vibriert mein Handy. Die Nachricht leuchtet auf dem Display auf, zusammen mit dem Namen des Absenders: Kristoffer. Ich reiße das Telefon an mich.

DU HAST AM DONNERSTAG DIE WASSERPISTOLE BEI UNS VERGESSEN.

»Wer ist das?«, fragt Cecilie.

Einen Augenblick überlege ich, Jonas vorzuschieben. Aber ich bin mir fast sicher, dass sie einen Blick auf den Namen erhascht hat. »Kristoffer. Irgendwas mit der Wasserpistole.«

Sie kommentiert das nicht, und ich schaue wieder aufs Display, tippe eine schnelle Antwort: **FALSCH: DU HAST VERGESSEN, SIE MIR ZU GEBEN.**

Er antwortet sofort: **WANN KOMMST DU VORBEI UND HOLST SIE?**

WIE WÄR'S, WENN DU SIE VORBEIBRINGST?

OKAY, DAS IST FAIR, schreibt er. **WANN SOLL ICH VORBEIKOMMEN? :)**

Ich merke, dass Cecilie mich beobachtet, während meine Finger über das Display rasen: **STELL SIE EINFACH IRGENDWANN INS GARTENHÄUSCHEN, SO WIE'S PASST.**

OK, antwortet er. **INS GARTENHÄUSCHEN. VERSTANDEN.**

Am liebsten würde ich mein Handy an die Wand schmeißen, um nicht noch mehr idiotischen Kram zu schreiben.

»Meinst du nicht, er steht ein bisschen auf dich? Nur so ein klitzekleines bisschen?« Cecilie guckt mich an, sodass mir gar nichts anderes übrig bleibt, als wieder auf das Blatt Papier zu starren.

»Weil wir bei ihm im Wohnzimmer meditiert haben?«

»Und einen Film geguckt habt ihr auch.«

»Ja, ja. Sollen wir weitermachen?«

Sie zögert einen Moment. Knibbelt am Buchrücken herum. »Weißt du, dass es Kristoffer war, von dem ich den ersten Kuss bekommen hab?«, fragt sie dann. »Das war damals, als du zwei Wochen mit einer Lungenentzündung im Bett lagst und wir endlich allein in meinem Zimmer sein konnten.«

»Seh ich aus, als würde mich das interessieren? Können wir jetzt mal weitermachen?«

Sie starrt mich an. Ich starre zurück.

Dann kommt mir ein hässlicher Gedanken, etwas, das ich wirklich nicht denken will: *Ja, ihr habt euch geküsst, und das war das erste und das letzte Mal, dass du jemanden geküsst hast. Du warst zwölf. Zwölf!*

»Erzähl mir was über Quantenphysik«, sage ich, raschle vor ihrem Gesicht mit dem Papier. »Der Quantensprung. Come on!«

17

Sonntagmorgen wache ich früh auf. Als ich in die Küche gehe, um mir ein Glas Wasser zu holen, steht mein Vater da und schnürt seine Laufschuhe.

»Willst du mitkommen?« Er fängt an, sich für die Tour aufzuwärmen, so wie es 50-jährige Männer eben tun: Er dehnt die Beine, dehnt die Hüften, hüpft eifrig auf der Stelle. Letztes Jahr ist mein Vater einen Halbmarathon gelaufen. Sein Ziel ist es, in zwei Jahren am Berlin-Marathon teilzunehmen.

»Für später haben sie Regen angesagt.« Er wirft einen schnellen Blick auf den wolkenlosen Himmel vor dem Fenster.

Mein Vater sagt immer, dass die Joggingtouren seine persönlichen Atempausen vom Leben sind, und ich bin mir ziemlich sicher, dass das ›Leben‹ auch seine Familie einschließt. Uns.

»Willst du mitkommen?«, wiederholt er.

»Okay«, sage ich rasch, bevor er seine Meinung ändern kann.

Wir machen gleich ordentlich Tempo. Durchqueren das Wohngebiet Seite an Seite in einer Geschwindigkeit, die uns beiden einiges abverlangt. Erst als wir den Waldrand erreichen, werden wir etwas langsamer. Nach ein paar Minuten brauche ich eine Gehpause. Die Luft duftet nach Nadelbäumen und Moos. Der Wald erinnert mich immer daran, wie wir alle vier wandern gegangen sind, als ich noch klein war, immer auf der Jagd nach einem spannenden Steinzeit-Grabhügel, auf der Suche nach einem guten Platz, um zu picknicken oder Pilze zu suchen. Damals, als wir noch eine richtige Familie waren.

»Du läufst schnell«, sage ich.

»Tja, es ist wichtig, sich in Form zu halten.« Papa schlägt sich auf die Brust. »Das ist gesund für Körper und Seele.«

»Schwimmen macht mir mehr Spaß. Weißt du noch, als wir damals bei diesem Vater-Kind-Schwimmen waren?«

Er lächelt. »Ihr wart kaum zu bändigen. Und wenn ihr einmal in der Sauna wart, bekam ich euch fast nicht mehr raus.«

Plötzlich habe ich eine Idee. »Hat das Schwimmbad donnerstags nicht länger auf? Bis acht?«

»Donnerstags arbeite ich immer lange«, sagt er, als wollte er meinen Vorschlag schon im Voraus abwehren. »Aber ich bin froh, dass du heute mitgekommen bist. Es gibt da nämlich etwas, über das ich gern mit dir sprechen möchte, Astrid.«

Aus irgendeinem Grund zieht sich mein Magen zusammen.

»Ich will mir nur sicher sein können, dass wir zwei auf einer Linie sind. Wir *müssen* Cecilie durch die Prüfungen bringen.

Es gibt keine Alternative.« Er wirft mir einen Blick zu. »Das ist wie im Sport. Wenn man sich nicht ein kleines bisschen anstrengt, hat man auch keinen Erfolg. Und sie braucht ein Erfolgserlebnis, ein Sprungbrett ins Leben, um etwas mit ihrem Leben zu *tun*. Sie muss die Oberstufe schaffen.«

»Ja«, sage ich, denn ich finde, dass er recht hat, das finde ich wirklich. Es wirkt bloß nicht besonders realistisch, dass meine Schwester jemals so etwas wie ein Sprungbrett betreten wird.

»Was denkt sie selbst darüber?«, will Papa wissen.

Einen Moment lang überlege ich, ob ich ihm vorschlagen soll, sie selbst zu fragen. Aber dann fällt mir unser Gespräch letzte Woche ein, in dem Cecilie mir erzählt hat, dass sie darüber nachdenkt, die Schule abzubrechen. Papa würde durchdrehen, wenn er wüsste, dass sie auch nur einen Gedanken an diese Möglichkeit verschwendet.

»Das weiß ich nicht genau.«

»Und was ist mit all den Stunden, die du jeden Abend in ihrem Zimmer verbringst?«, fragt er. »*Redet* ihr da nicht miteinander?«

»Ihr geht's nicht so besonders gut.«

»Dabei kann sie das locker. Sie muss nur lernen, an sich zu glauben. Ihre Angst, das ist nichts anderes als Gedanken und körperliche Empfindungen, die durcheinandergeraten sind.«

Genau diese Worte habe ich ihn schon einmal sagen hören. Bloß nicht zu mir, sondern zu Mama. Das war während eines Streits, und damals hat er auch was davon gesagt, dass man die Leute nicht in Watte packen darf, was Mama dazu brachte, rauszugehen und eine ganze Stunde allein auf der Bank ganz hinten im Garten zu verbringen.

»Ich hoffe, dass es Cecilie bald wieder besser geht«, sage ich. Es sind völlig leere Worte, beinahe bedeutungslos, aber es fühlt sich so an, als müsste ich das sagen. Um meine Schwester irgendwie zu verteidigen.

»Hoffnung hilft leider wenig«, sagt Papa. »An etwas arbeiten, das hilft. Aber das weißt du ja längst. Wir zwei sind uns sehr ähnlich, Astrid. Ich erkenne sehr viel von mir selbst in dir.« Er schaut mich voller Zärtlichkeit und Stolz an, und dann lächelt er.

Als ich zurücklächele, fühlt es sich an wie der schlimmste Verrat an meiner Schwester.

Auf dem Rückweg machen wir einen Stopp beim Bäcker. Als wir wenig später durch unser Tor auf das Gartenhäuschen zugehen, entdecke ich Kristoffer. Er wendet uns den Rücken zu, ist gerade dabei, die neongrüne Wasserpistole auf eins der oberen Regalbretter zu stopfen.

»Ja, hol mich der Teufel, wenn das nicht Kristoffer ist?!?«, ruft mein Vater.

Kristoffer dreht sich erschrocken um, aber als er uns erkennt, lächelt er.

Es kommt nur selten vor, dass mein Vater solche Ausdrücke benutzt. Eigentlich sogar fast nie, aber jetzt tut er es gleich noch mal: »Dich hab ich ja nicht mehr gesehen, seit du ein kleiner Hosenscheißer warst! Und jetzt stehst du plötzlich bei uns im Garten und kramst heimlich in unserem Schuppen herum?!?« Er klingt, als ob er sich wirklich freut. Und ich merke, dass auch ich mich freue, Kristoffer zu sehen. Es ist mir nicht mal peinlich, dass ich hier verschwitzt und mit rotem Gesicht, in Laufklamotten und mit einem Brot unter dem Arm herumstehe. Und das, obwohl Kristoffer ordentlich angezogen ist, in seinen dunklen Jeans und dem grauen Pulli.

»Ich wollte nur was zurückbringen, das Astrid mir geliehen hatte. Äh, nein, Cecilie«, berichtigt er sich in der nächsten Sekunde.

»Willst du zum Frühstück bleiben?«, fragt mein Vater.

»Das hört sich gut an, aber ich muss leider gleich weiter.« Kristoffer versenkt eine Hand in der Hosentasche. Er wirkt ein bisschen verlegen. So habe ich ihn noch nie gesehen. Mein Vater lässt den Blick von mir zu Kristoffer schweifen, dann nimmt er mir das Brot aus den Händen und sagt: »Ich geh schon mal rein und weck die beiden Schlafmützen«, bevor er über den Gartenweg verschwindet.

Wir sind allein.

Mein Herz pocht schnell.

Ich sage: »Danke, dass du die Wasserpistole vorbeigebracht hast.«

»Ich war eh auf dem Weg zu einem Freund, um ihn mit einem Überraschungsbrunch zu wecken. Er wohnt gleich um die Ecke. Also …« Kristoffer nimmt die Hand aus der Tasche, schiebt sie dann schnell wieder rein. »Wie läuft's mit dem Lernen?«

»Sozialkunde klappt gut«, sage ich. »Außerdem bringt Cecilie mir Quantenphysik und die Relativitätstheorie und diesen ganzen Kram bei. Ich werd diesen Sommer also richtig schlau!«

»Du lernst ihren Stoff?«

Ich weiß nicht so recht, was ich darauf antworten soll.

»Tja, und was hast du bisher gelernt?«, fragt er weiter.

»Dass ich ganz bestimmt nie Physik studiere.«

»Na?«, sagt er. »Das kann doch gar nicht sein. Ein so kluges Kind wie du?«

Ich ignoriere seine Großvater-Imitation. »Gestern hat Cecilie zum Beispiel versucht, mir zu erklären, was ein Quantensprung ist. Hat nicht so gut geklappt.«

»Ein Quantensprung? Das ist leicht.« Kristoffer geht zurück zum Gartenhäuschen und blickt sich suchend um, bevor er nach der alten Dose mit bunter Kreide greift, die immer noch am selben Platz steht wie damals, als wir Kinder waren. Dann hockt er sich vor dem Wohnzimmerfenster auf den Boden, zeichnet einen großen Kreis und malt ihn aus, bis da zum Schluss ein großer blauer Punkt ist. Danach malt er ein paar ungleichmäßige, leicht gewellte Ringe um den Punkt herum, mit immer größerem Durchmesser.

»Komm her«, sagt er.

Ich gehorche und stelle mich neben ihn, ein paar Schritte von der großen Kreidezeichnung entfernt.

»Das da ist der Kern.« Er zeigt auf den blauen Punkt.

»Was für ein Kern?«

»Okay«, sagt er und runzelt die Stirn. »So langsam versteh ich Cecilies Problem.«

Dafür müsste ich ihn eigentlich knuffen oder schlagen,

aber jetzt, wo wir so nah nebeneinanderstehen, schaffe ich es nicht, irgendwas in dieser Richtung zu tun.

»Entschuldige, von jetzt an werde ich brav sein.« Er zeigt auf die Zeichnung. »Ein Atomkern. Okay? Und ein Atom ist …«

»Die kleinste Einheit, in die man einen Stoff zerteilen kann«, sage ich.

»Gut. Und innen im Atomkern gibt es positiv geladene Protonen und neutrale Neutronen, und um den Atomkern kreisen Elektronen; die sind negativ geladen.«

»Ein Atomkern«, wiederhole ich. »Und irgendwas, das drum herumkreist.«

»Nämlich …« Er guckt mich an, als überlege er einen Moment lang, ob es sich überhaupt lohnt, mir etwas beibringen zu wollen, aber dann fasst er mich bei den Schultern und zieht mich mit sich in den Kreis, sodass wir nun in der innersten Bahn um den Kern stehen.

»Jetzt bist du ein Elektron, Astrid. Du bist negativ geladen. Und du bewegst dich die ganze Zeit um den Atomkern herum. Kapiert?«

Ich nicke.

»Gut. Dann beweg dich mal auf deiner Bahn.«

Ich balanciere mit kleinen Schritten auf der ungleichmäßigen Linie, die Kristoffer um den Atomkern gezeichnet hat. Plötzlich stößt er mich mit beiden Händen von sich, es ist ein kleiner, präziser Schubser, sodass ich zwei Schritte zur Seite mache und in der nächsten Bahn lande.

»Hey!«

»Ein Quantensprung, bitte schön«, sagt er.

Ich schaue auf den welligen Strich unter meinen Füßen.

»Das Elektron, das die ganze Zeit um den Atomkern kreist, wechselt sozusagen die Bahn«, erklärt er. »Nur ein winziger Hüpfer, eine winzige Bewegung, Energie entlädt sich, das Energieniveau verändert sich.«

»Aber warum wechselt das Elektron die Bahn?«

Kristoffer hebt die Schultern. »Es gibt eine Menge Theorien dazu, aber sicher weiß man nur, dass diese winzige Energieänderung ständig passiert. Eine konstante Veränderung.«

»Mystisch«, sage ich.

»Physik *ist* mystisch.« Er zieht den Ärmel hoch, hält mir seinen Unterarm entgegen. »Fass mal hier an.«

Ich lege meine Hand auf seine sonnengebräunte Haut. Die Adern treten deutlich hervor, die kleinen Härchen sind weich und hell. Langsam bewege ich die Finger vor und zurück. Jedes einzelne meiner Nervenenden kribbelt.

»Ist das ein Quantensprung?«, frage ich und hoffe, dass ich ernst und konzentriert klinge.

»Nein«, sagt er.

»Ähm … ist es eine … äh … Änderung des Energieniveaus? Eine Veränderung der positiven und negativen Protonen oder so was?«

»Nein«, sagt er. »Das bist du, die meinen Arm streichelt.«

Er grinst, als ich meine Hand zurückziehe, und dann muss ich auch grinsen. Im selben Moment bemerke ich eine Bewegung hinter dem Wohnzimmerfenster, als meine Mutter vorbeigeht. Vielleicht sieht Kristoffer sie auch. Jedenfalls guckt er auf sein Handy, um die Uhrzeit zu checken, und drückt mir die Kreide in die Hand. »Ich muss auf dem Weg noch Jägermeister besorgen.«

Ich bringe ihn bis zur Einfahrt.

»Danke, dass du die Wasserpistole zurückgebracht hast«, sage ich.

»Das hast du vorhin schon mal gesagt.«

»Okay, dann halt danke, dass du mir Physik erklärt hast.«

»Du bist eine gute Schülerin.«

»Ich glaube eher, du bist ein guter Lehrer.«

Er tritt einen Schritt zurück und kneift die Augen zusammen. »Willst du nicht bald mal wieder zu mir kommen und mit mir diskutieren, wie du es sonst immer machst?«

»Ich diskutiere nicht immer mit dir.«

»Doch, das machst du. Aber ich hab das Gefühl, dass du mich so langsam etwas besser leiden kannst.«

»Ach ja, das hast du?« Das sollte ironisch klingen, aber ich höre selbst, wie ich klinge; vollkommen ernst.

»Ja.« Er dreht sich um, lächelt, während er sagt: »Man sieht sich.«

Der Frühstückstisch ist gedeckt, als ich in die Küche komme. Das Brot liegt geschnitten in einem Korb, und daneben steht eine dampfende Kanne Kaffee. Mama schneidet im Bademantel Käse auf der Anrichte.

»War er nicht ein bisschen lange da, um bloß eine Wasserpistole zurückzubringen?«, fragt Papa und schaut auf.

»Nee«, sage ich nur, nehme mir eine Scheibe Brot und lasse mich auf einen Stuhl sinken.

»Na ja, da mische ich mich besser nicht ein, was?« Er kaut.

Cecilie kommt im Schlafanzug und in ihren Kaninchen-Puschen in die Küche. »Worin mischst du dich besser nicht ein?«, fragt sie und klingt interessiert, was ihr gar nicht ähnlich sieht. Aber vielleicht kommt das daher, dass Papa grinst. Das macht er nämlich normalerweise nicht.

»Ach, nichts«, sage ich schnell.

»Na dann.« Cecilie guckt mich nicht an, als sie sich setzt.

Mama beginnt, übers Wetter zu reden, darüber, dass Wolken aufgezogen sind. Kurz danach fängt es an zu regnen, genau wie Papa es vorhergesagt hat. Das Wasser läuft die Fensterscheiben runter, der Abfluss unter dem gekippten Küchenfenster gluckert.

Während ich esse, denke ich an nichts anderes als an die Kreidezeichnung, die vom Regen weggewaschen wird.

18

Der Dienstagmorgen beginnt mit einer Panikattacke. Die Autos haben gerade die Einfahrt verlassen, als Cecilie so zu hyperventilieren beginnt, dass alle Farbe aus ihrem Gesicht weicht. Es braucht zehn Minuten mit Atemübungen, bis sie sich ein bisschen beruhigt, und weitere dreißig mit sanftem Streicheln und dem Halten ihrer Hand.

Ich kann ihr ansehen, dass sie heute Angst hat zu sterben. Dass sie ihre Angst-vor-dem-Tod-Augen hat. Als ob sie wirklich glaubt, dass ihre Lungen einfach so aufhören könnten, Sauerstoff aufzunehmen, dass ihr Herz aufhören könnte, Blut durch ihren Körper zu pumpen.

Während wir zusammen in ihrem Bett liegen, gehe ich in Gedanken den gestrigen Tag durch, um herauszufinden, woran es liegen könnte, dass es ihr heute so schlecht geht. Wir haben gestern Lernpause gemacht, damit sie ein bisschen Ruhe bekommt. Haben zwei Filme geschaut. Abendessen gegessen. Vier Folgen einer Serie in Cecilies Bett geguckt. Wir haben heißen Chai getrunken und nebeneinander im Badezimmer unsere Gesichter gereinigt.

Meine Finger streicheln und streicheln, kraulen und kraulen. Schließlich wird Cecilies Atem tiefer, sie schläft ein. Als sie aufwacht, geht es ihr besser, aber sie hat keine Kraft zum Lernen.

»Hast du Hunger?«, frage ich. »Soll ich uns Toast machen?«

»Toast klingt ganz gut«, sagt sie. »Und Milch.«

Während ich die Brotscheiben in den Toaster fallen lasse, brummt eine Frage auf mein Handy: **HAST DU LUST ZU SEGELN?**

Ich starre mehrere Minuten auf Kristoffers Nachricht. Das ist ein ziemlich unpersönlicher Text. Und ziemlich wenig informativ. Woher soll ich zum Beispiel wissen, ob er heute oder morgen segeln will, ob jetzt gleich oder am Nachmittag und ob er und ich die Einzigen auf dem Boot sein werden? Außerdem fehlt ein Emoji, das etwas über seine Stimmung verrät und darüber, wie wichtig es ihm ist, dass ich mitkomme. Am liebsten würde ich ihm alle diese Fragen in einer langen Nachricht stellen, aber die einzige Antwort, die ich hinbekomme, ist: **WARUM?**

WARUM? WEIL DU LUST DAZU HAST?

Das Brot ploppt aus dem Toaster. Cecilies Bett knarrt, als ob sie sich umdrehen würde oder dabei wäre, aufzustehen.

UND WANN SOLL'S LOSGEHEN?, schreibe ich.

Er antwortet, dass wir uns zum Beispiel in einer Stunde am Hafen treffen könnten. Ich stelle mir die plätschernden Wellen vor und wie Kristoffer und ich nah beieinandersitzen, während die Sonne unsere Körper wärmt. Es ist, als hätte ich einen anderen, einen ganz anderen Magneten entdeckt, der mich plötzlich zu sich zieht.

»Ist das Frühstück bald fertig?« Cecilie taucht direkt hinter mir auf. Sie gähnt und streckt sich.

»Ja, gleich.« Ich lege das Handy zur Seite.

»Es fühlt sich an, als wäre ich einen Marathon gelaufen«, sagt sie. »Meine Lungen tun total weh. Als hätte ich die ganze Nacht über Lungenkrämpfe gehabt. Gibt es das, Krämpfe in der Lunge? Gibt es …«

Ich vergesse zuzuhören. Öffne das Küchenfenster, strecke den Kopf raus und spähe in den Himmel. Der ist fast wolkenlos, und es ist kein bisschen kühl, sondern ziemlich warm.

»Was machst du da?«, fragt sie.

»Das Wetter checken.«

»Es regnet nicht, du Superbrain.«

»Das seh ich auch.« Ich sortiere die Wörter in meinem Kopf, um zu entscheiden, wie ich es am besten formulieren soll: »Kristoffer hat gefragt, ob ich mit ihm segeln geh. Also wollte ich rausfinden, ob ich Sonnencreme brauche.«

Cecilie dreht mir den Rücken zu, geht aus der Küche. Mein Herz fängt wild an zu schlagen. Ich stecke mein Handy in die Hosentasche und folge ihr in ihr Zimmer.

»Ich bin heute Nachmittag zurück.«

Sie antwortet nicht, hat sich ins Bett gelegt und sich ihren Computer geschnappt.

»Du kannst jederzeit anrufen, wenn was ist, okay?«

Jetzt schließt sie einfach die Augen. Ich gehe in mein eigenes Zimmer. Meine Hände zittern, als ich meine langen Haaren zu einem Knoten hochstecke und danach meine Beine, Arme und das Gesicht mit Sonnencreme einschmiere.

Das Handy vibriert.

KOMMST DU?

Erst da fällt mir auf, dass ich noch gar nicht geantwortet habe.

Ich schreibe, dass ich auf dem Weg bin, werfe eine Flasche Wasser und die Sonnencreme in einen Beutel und gehe dann wieder zu Cecilie, wo ich im Türrahmen stehen bleibe. Sie liegt immer noch mit geschlossenen Augen da und atmet irgendwie komisch. Eine Weile schaue ihr zu. Wie seltsam, dass ich nichts fühle. Dass sie mir gar nicht mehr leidtut.

»Ich gehe jetzt.«

Sie öffnet die Augen. Starrt mich an. »Deine Nase glänzt.«

Ich gehe noch mal ins Badezimmer, versuche, die Sonnencreme mit einem nassen Waschlappen aus meinem Gesicht zu kriegen, aber sie ist schon in die Haut eingezogen. Cecilie taucht in der Tür auf, beobachtet mich, während ich an meinem Gesicht herumreibe.

»Hör auf. Du kriegst nur Hautkrebs.« Sie bleibt weiter stehen, während ich meine Frisur im Spiegel von allen Seiten prüfe. Ich zupfe ein bisschen am Knoten herum und stecke noch ein paar weitere Haarnadeln hinein.

»Ich denke ständig an die Sache mit der Schule«, sagt sie. »Vielleicht wäre es wirklich am besten, abzubrechen. Ich hab so ein stranges Gefühl, dass alles eh bald vorbei ist. Als ob ich gar nicht mehr richtig hier wär.« Sie schwankt leicht im Türrahmen.

Wilde Panik steigt mir in den Magen. Ich will sie einfach nur ins Bett stecken, und da soll sie schlafen, schlafen und noch mal schlafen.

»Geh ins Bett«, sage ich. Es überrascht mich selbst, wie bestimmt meine Stimme klingt. Auch Cecilie wirkt überrumpelt. Sie gehorcht auf der Stelle.

Ich mache mich fertig, dann gehe ich zu ihr.

»Hör auf, solchen Quatsch zu denken«, sage ich. »Schlaf jetzt.«

Sie zieht die Decke bis zum Kinn hoch. »Mein Poster fällt bald runter.«

Ich strecke mich über das Bett und haue kurz und kräftig gegen die Ecken des lädierten Posters, um die Tesastreifen wieder anzudrücken. »So.«

»Wann bist du zurück?«

»Hab ich doch schon gesagt. Am Nachmittag.«

»Okay.« Sie verzieht das Gesicht. »Denk an die Schwimmweste. Und fall bitte nicht über die Reling und stirb.«

»Das werde ich schon nicht tun. Vertrau mir.«

»Und ertrink auch nicht, Aster. Also, falls ihr schwimmen geht.«

Ich würde gern vorschlagen, dass wir diese albernen Spitznamen ein für alle Mal sein lassen und sie sich was anderes übers Bett hängen soll als dieses Poster mit dem verfickten Pu der Bär.

»Check«, sage ich, während ich rückwärts aus dem Zimmer gehe. »Nicht ins Meer fallen, nicht ertrinken, nicht sterben.«

19

Kristoffer steht vorn am Steg und wartet auf mich. Er lächelt, als er mich entdeckt. Ich bin genau hier, erinnere ich mich selbst. Mitten am Hafen, mitten im Gewimmel. Und Cecilie schläft bestimmt schon.

»Kommt dein Opa mit uns?«, frage ich, während wir den Steg entlanggehen.

»Er hat mir erlaubt, allein aufs Meer rauszufahren. Nur ein kleines Stück, bis dahin, wo ein bisschen Wind weht.«

»Okay, aber wir ziehen Schwimmwesten an, oder?«

Er sagt: »Wenn du wie völlig bescheuert aussehen willst, bloß weil du rausfährst, wo das Meer drei Meter tief ist, bitte schön.«

»Aber einen … Bootsführerschein hast du?«

Er grinst. »Einen Segelschein. Vertraust du meinen Fähigkeiten nicht? Mein Vater hat mir's beigebracht. Wer in Grönland lebt, muss segeln können.«

Wir verlassen den Hafen mit dem brummenden Motor unter uns. Nur bis ein paar Hundert Meter vom Steg weg, dann treiben wir langsam entlang der Küste, bis wir ein paar große bunte Lagerhäuser, umgeben von dunkelgrünem Wald, erreichen. Kiefernnadeln, weit von der Küste weggetrieben, schaukeln auf dem Wasser. Wir setzen uns hinten an Deck, dorthin, wo eine schmale, morsche Treppe Zugang zum Meer verspricht. Hier kann man im Schatten des Steuerhauses sitzen und die Beine ins Wasser baumeln lassen. Ich bereue, dass ich mich so gründlich eingecremt habe. Während ich die Zehen ins Wasser tauche, fällt mein Blick auf die schwarzen Buchstaben, die sich an der Bootsseite bis zum Bug hinziehen. Ich lehne mich vor, um den kompletten Namen lesen zu können.

»*Carpe Diem?*«, frage ich. »Nein, das passt doch nicht zu so einem alten Boot. Das ist ja nicht mal ein richtiger Name! Es müsste Susan heißen. Oder Ulla-Margrethe.«

Kristoffer grinst.

Ich sage: »Außerdem ist *Carpe Diem* total einfallslos. Ernsthaft, von diesen ganzen Postkartenratschlägen fürs gute Leben wird mir schlecht. Gibt es wirklich jemanden, der Lust kriegt, sein Leben *mehr zu leben,* wenn er so was liest?«

»Was würdest du an deinem allerletzten Tag auf der Welt tun?«, fragt Kristoffer, der offenbar kein Wort mitbekommen hat.

»Keine Ahnung.« Ich habe nicht mal Lust, über so eine alberne, hypothetische Frage nachzudenken.

»Komm schon«, drängt er. »Kann doch sein, dass wir ins Wasser fallen und ertrinken. Oder du stirbst an einem Herzfehler, von dem niemand wusste. Hättest du deinen letzten Tag dann gut genutzt?«

»Zusammen mit *dir*?«

»Na, na.« Er steht auf, geht ums Steuerhaus herum. Ich bleibe sitzen, auch als er ganz aus meiner Sicht verschwindet. Ich drehe meine Beine in die Sonne und werfe einen Blick auf mein Handy. Keine neuen Nachrichten. Ich schicke Cecilie ein Herz, das sie sehen wird, wenn sie aufwacht.

»Bitte schön.« Kristoffer ist zurückgekommen und tippt mir mit einer eiskalten Bierflasche auf die Schulter. Ich nehme die Flasche entgegen, während er sich wieder neben mich fallen lässt.

»Darf man trinken, wenn man ein Boot steuert?«

»Das darf man.«

Ich lasse ihn die Flasche für mich öffnen. Das Bier schäumt über den Rand und tropft auf meine Hand. Ich lecke es ab. Ein Geschmack nach Salz, Sonnencreme und bitterem Hopfen füllt meinen Mund.

»Du *trinkst* also Bier«, stellt er fest.

»Warum sollte ich das nicht tun?«

»Ich hab dich bloß noch nie auf 'ner Party gesehen.« Er grinst.

»Aber letzte Woche hast du mich Likör trinken sehen«, erinnere ich ihn. »Und vielleicht bin ich auf den Partys bloß nicht da, wo du bist. Ich führe nämlich selbst auf Partys ernsthafte Gespräche. Du stehst sicher an der Bar. Oder tobst auf der Tanzfläche rum.«

»Ich tanze nicht«, sagt er. »Aber an der Bar hänge ich gern rum, da hast du recht.«

»Zusammen mit deinen entzückenden Freunden?«

Er guckt mich direkt an. Diese Art von Blick von ihm kann ich gar nicht leiden.

»Warum tust du eigentlich ständig so streng?« Er klingt beinahe verletzt. Das ist ein bisschen erbärmlich.

»Ich tu nicht so. Sorry, aber so bin ich halt.«

»Nein, bist du nicht. Früher hast du immer an das Gute in anderen geglaubt. Du hast nie schlecht über jemanden geredet. Du hast geheult, wenn sich jemand über dich lustig gemacht hat, du warst am Boden zerstört.«

»Ich war zehn, als du weggezogen bist«, sage ich. »Stell dir vor, ich bin seitdem ein bisschen älter und reifer geworden.«

Er nimmt einen Schluck Bier.

»Ich denk echt oft an dich und Cecilie, wie ihr damals wart. Und nicht nur an euch, sondern an eure ganze Familie. Eure Mutter, die immer früh zu Hause war und Hefeschnecken gebacken hat. Euer Vater, der euch ein Schaukelgestell und ein Spielhaus gebaut hat.«

Manchmal vergesse ich fast, dass er recht hat: Es gab eine Zeit, in der meine Familie der Ort war, an dem ich mich am sichersten fühlte.

»Meinst du nicht, dass man die Dinge schöner in Erinnerung behält, als sie wirklich waren?«, frage ich. »Dass man sich irgendwie selbst betrügt?«

»Vielleicht. Und klar verändert man sich.« Er hebt einen der Kronkorken vom Deck auf, schnipst ihn in die Luft, fängt ihn wieder auf. »Alles verändert sich.«

»Wie bei einem Quantensprung?«

Er grinst. »Wie bei einem Quantensprung.«

»Aber was, wenn man ein Sicherheitsfanatiker ist?«, frage ich. »Wenn man Veränderungen überhaupt nicht leiden kann, das Leben aber auch hasst, wie es gerade ist?« Ich bin mir nicht sicher, ob ich bei dieser Frage mehr an Cecilie oder an mich denke.

»Dann hat man ein Problem.«

Er sieht so dumm und provozierend aus, als er das sagt, dass ich nicht anders kann, als ihn gegen die Schulter zu knuffen.

»Du bist wahrscheinlich kein Sicherheitsfanatiker?«

»Nee, nie gewesen.« Er zieht die Beine hoch, streckt die Arme aus und stützt sie dann auf seine Knie. Sein Blick ruht auf dem Wasser. Genauso erinnere ich mich an ihn als Kind: Wie er auf dem Spielhaus in seinem Garten hockt und über die Hecke nach Cecilie und mir Ausschau hält.

Ich sage: »Aber *alle* Kinder sind Sicherheitsfanatiker.«

»Ich nicht. Ich hatte nie so eine sichere Basis wie du. Ich glaube, das macht einen ein bisschen weniger sicherheitssuchend.«

»Aber vor der Scheidung deiner Eltern hattest du doch eine sichere Basis?«

»Nope. Mein Vater war oft depressiv. Das war einer der Gründe für unseren Umzug nach Grönland. Er hat seine Familie vermisst.« Kristoffers Finger spielen an der Bierflasche, er kratzt am Etikett herum. »Und die Natur natürlich, die war auch ein Grund.«

»Ging es ihm denn besser, als ihr in Nuuk gewohnt habt?«

»Die ersten drei Jahre waren okay. Bis ich … hm … vielleicht fünfzehn war. Danach wurde es schlimmer. Er hat Medikamente bekommen, aber am Ende lag er trotzdem wie so 'n Zombie tief unten in seinem schwarzen Loch, und alles war ihm scheißegal. Er hat nicht mal versucht, was dagegen zu tun. Da hat meine Mutter ihn verlassen. Sie meinte, ich solle mit ihr kommen.« Kristoffer schaut einen kurzen Moment zu Boden, bevor er seinen Kopf wieder hebt. »Nicht dass ich besonders viel Lust gehabt hätte, mit jemandem zusammenzuleben, der es nicht mal schafft, duschen zu gehen.«

»War es nicht schwer, ihn zurückzulassen?« Ich stelle mir Kristoffers Vater ganz allein in einem kleinen, dunklen Haus an der Spitze einer Eisscholle vor.

»Nein«, sagt Kristoffer. »Es hat sich eher angefühlt, als wäre er es, der uns verlassen hat.« Ein harter Ton hat sich in seine Stimme geschlichen. »Und es war richtig, dass sie ihn verlassen hat. Ihr geht's jetzt gut.«

Ich denke daran, wie es wohl seinem Vater geht, aber ich muss gar nicht fragen, denn Kristoffer erzählt von allein: »Als ich Papa das letzte Mal besucht hab, hat er mir erzählt, dass er jetzt so 'ne Art Gruppentherapie für Männer macht. Es gibt da wohl irgendeinen Scheiß aus seiner Kindheit, den er mit sich rumträgt. Keine Ahnung, was das ist. Aber …« Wieder schnipst er den Kronkorken in die Luft, aber diesmal erwischt er ihn nicht, bevor der Korken im Wasser verschwindet. »Irgendwie scheint er diesen Tritt in den Hintern gebraucht zu haben, um endlich was zu tun. Wenn wir geblieben wären, wär's uns irgendwann genauso scheiße gegangen. Oder sogar noch schlechter. Meine Mutter hatte gar keine andere Wahl, als ihn zu verlassen. Entweder das, oder sie wäre auch noch untergegangen. Das sagt sie selber auch so.«

»Oh«, sage ich, weil es das Erste ist, was mir dazu einfällt.

Kristoffer zuckt mit den Schultern. »Nur wenige wissen, dass sie sich deshalb haben scheiden lassen. Bei den Leuten läuft sonst automatisch so 'n Film ab, weil Papa Grönländer ist. Da weiß man schon, was sie denken. Nichtsnutz, Alkoholiker und so.«

Das Wasser plätschert gegen die Bootswand. Meine Zehen werden kalt, also ziehe ich die Füße aus dem Wasser.

»Ich bin froh, dass du mir das erzählt hast«, sage ich. »Vielleicht versteh ich dich jetzt ein bisschen besser.«

»Tja, ich bin halt nicht so leicht zu verstehen.« Er setzt die Arme hinter sich auf und lehnt sich zurück, während er mich anschaut. »Im Gegensatz zu dir. Dich muss man nur angucken und weiß schon, was du denkst.«

»Woran denk ich denn gerade?«

»Gerade?« Er mustert mich von oben bis unten. »Du denkst ... was *will* er eigentlich von mir, dieser widerliche Lüstling? Kommt hier mit seinen Kindheitstraumata an und heischt nach Mitleid.«

»Das ist nicht lustig«, sage ich. »Und stimmt auf keinen Fall.«

Er lächelt mir zu, ein irgendwie verlegenes Lächeln.

Ich sage: »Aber ich weiß immer noch nicht, warum du mich zu diesem Segeltörn eingeladen hast.«

»Echt nicht?«

»Nein.«

»Und du kannst es dir auch nicht denken?«

»Nee«, sage ich.

Kristoffer trinkt einen Schluck Bier, dann noch einen und noch einen. »Erstens finde ich dich ziemlich hübsch. Das darf man doch sagen, oder?« Entschieden wiederholt er: »Das darf man. Sogar in deiner Welt.«

Mir fällt nichts anderes ein, als zu fragen: »Und zweitens?«

Er zögert, bevor er antwortet: »Das ist eigentlich ganz simpel. Ich will dich glücklich machen.«

»Warum das denn?« Das ist wahrscheinlich eine Frage, die reichlich eingebildet klingt. Aber ich muss unbedingt wissen, was er damit meint.

»Irgend so 'n komischer Mechanismus, der sich in mir breitgemacht hat, nachdem ich zurückgekommen bin. Ich hab dich in der Schule gesehen, und dann ...« Er lässt seine Stimme wie die eines Roboters klingen: »Mach. Astrid. Glücklich.«

»Seh ich denn so unglücklich aus?!?«

»Ich sag nur, wie es sich anfühlt.« Er rückt sich ein bisschen zurecht, nur eine winzige Bewegung seines Körpers, die den Abstand zwischen uns verringert. »Ich frag mich die ganze Zeit: Wie bringe ich Astrid zum Lächeln? Und alles, was eine Antwort auf diese Frage sein könnte, würde ich gern tun.«

Seine Hand liegt direkt neben meiner. Sein Gesicht ist gleich neben meinem.

Ich glaube, ich sollte ihn küssen.

Jetzt wäre der richtige Moment dafür.

Aber mein Herz schlägt so schnell, dass es unmöglich ist, irgendwas zu tun.

Kristoffers Blick fällt auf unsere Hände, die nebeneinander auf den Deckplanken liegen, und dann legt er seine große Hand auf meine, schiebt seine Finger zwischen meine. Ich gucke jetzt auch aufs Deck, auf unsere Finger.

Es pocht in meinem Gesicht.

In meinen Lippen.

Zwischen meinen Beinen.

Mein Herz pumpt das Blut in die verborgensten Ecken meines Körpers, von denen ich nicht mal wusste, dass sie existieren. Und ich spüre eine Wärme hinter den Augen, die es unmöglich macht, den Blick von unseren Händen zu lösen. Ich wusste nicht, dass man sich so fühlen kann, und es tut weh. Es tut verdammt weh, denn so glücklich darf man gar nicht sein.

»Sollen wir es lieber lassen?«, fragt Kristoffer.

Ich schüttle den Kopf.

Er guckt mich immer noch an, abwartend. Jetzt muss ich was sagen. Ich will gern, und ich will auf keinen Fall. Schließlich schaffe ich es, zumindest etwas zu sagen: »Ich hab Angst.«

Er schweigt lange. So lange, dass ich einen Moment glaube, ich hätte die Wörter gar nicht laut ausgesprochen oder dass er mit dem Impuls kämpft, mich auszulachen. Dann drückt er meine Hand.

»Wovor hast du Angst?«

Mein Blick klebt immer noch an unseren ineinander verflochtenen Händen, und ich muss mehrmals schlucken, damit meine Stimme nicht bricht. »Davor, jetzt gerade so glücklich zu sein.«

Seine Augen ruhen auf mir.

Es kommt nicht besonders oft vor, dass mich jemand anders als Cecilie auf diese Weise anschaut. So wahnsinnig nah. Eigentlich kann ich mich nicht daran erinnern, dass das überhaupt schon mal vorgekommen ist. Er wird all die kleinen Fehler in meinem Gesicht entdecken. Jeden Schönheitsfleck, jede Pore. Und ich müsste nervös sein; ich bin voller Fehler.

Er sagt: »Du darfst glücklich sein.«

Dann küsst er mich.

Es ist kein langer Kuss. Nur Lippen, die einander kurz begrüßen, bevor Kristoffer sich zurückzieht und lächelt, nicht mich anlächelt, sondern mehr so still für sich. Dann rückt er noch näher heran, legt seinen Arm um mich. Beugt sich zu mir runter und küsst meine Schulter.

Ich fange an zu zittern. Mein Körper wird plötzlich von einer Kälte- und Übelkeitswelle überrollt, als hätte Kristoffer mich gerade mit einer Grippe angesteckt.

»Du zitterst«, sagt er. »Ist dir kalt?«

20

Ich bin eine andere, als ich gemächlich mit dem Fahrrad vom Hafen nach Hause fahre. Das bin nicht ich, die in die Pedale tritt, das ist ein fremdes Mädchen; verletzlicher, vorsichtiger, fröhlicher, als ob es zum ersten Mal im Leben auf einem Fahrrad säße. Aber als ich auf unser Haus zusteuere, werde ich wieder ich selbst. Papas Auto steht schon in der Einfahrt. Dabei ist es erst halb fünf, so früh ist er sonst nie zu Hause. Die Tür zur Waschküche steht offen und schlägt im Wind. Auch das passiert sonst nie, weil Mama Durchzug hasst.

»Was genau möchtest du, dass ich tue?«

»Denkst du, ich hab eine Bedienungsanleitung für diesen Scheiß?«

Die Stimmen kommen aus der Küche. Meine Mutter klingt müde. »Könntest du denn zumindest anrufen und mit ihnen sprechen? Es muss doch irgendeine Vorgehensweise für solche Fälle geben.«

»Ein Reisebüro ist eine Firma, kein Wohlfahrtsunternehmen. Das ist denen völlig egal, die wollen ein ärztliches Attest. Wenn du mit ihr beim Arzt warst, können wir weiterreden.«

»Ich soll also mal wieder alles alleine regeln?!?«

Ich schiebe die Tür auf. Mama sitzt auf der äußersten Kante eines Stuhls. Sie presst die Hände an die Schläfen, als wollte sie einen enormen Druck ausgleichen. Papa steht vor ihr und starrt vor sich hin, während er das Gewicht erst auf den einen, dann auf den anderen Fuß verlagert.

Warum kapiert er nicht, dass er sie einfach mal in den Arm nehmen müsste? Dass das alles ist, was sie jetzt braucht – nicht mehr. Vielleicht gehen einem im Laufe einer Ehe irgendwann die Umarmungen aus. Vielleicht ist es das, was passiert ist. Dann steht man bloß da und tanzt von einem Fuß auf den anderen, ohne zu wissen, wie es von hier aus weitergehen soll.

»Astrid!« Mama lässt die Hände fallen, als sie mich sieht. »Wo warst du denn den ganzen Tag? Ich dachte, ihr wolltet zusammen lernen?«

Der Knoten in meinem Bauch zieht sich zusammen. »Was ist denn passiert?«

Sie sagt: »Cecilie will ihre Prüfungen absagen.«

Es fühlt sich an wie eine Welle, die mich umhaut und mir für mehrere Sekunden die Luft wegdrückt.

»Stattdessen will sie den Nachholtermin im August nehmen. Cecilie sagt, ihr habt schon mehrmals über diese Möglichkeit gesprochen?«

Während Mama redet, starrt Papa mich an. Seine Augen sagen, was sein Mund nicht sagt: *Ich dachte, wir hätten eine Abmachung, Astrid? Ich dachte, wir zwei würden Cecilie durch die Prüfungen bringen?*

Ich durchquere den Flur, komme vor Cecilies geschlossener Zimmertür zum Stehen. Meine Faust trifft auf das Holz, und mein Blick bleibt an meiner Hand hängen, an den dünnen, lilafarbenen Adern, die sich unter der Haut entlangziehen. Es ist dieselbe Hand wie immer, aber ich sehe plötzlich vor mir, dass diese Hand auch ganz andere Dinge tun könnte.

Einen Augenblick überlege ich, den Weg zurückzugehen, raus aus der Küche, raus aus dem Haus. Dann öffne ich die Zimmertür, und schon fühlt sich alles wieder an wie immer, alle verhalten sich so wie immer: Meine Schwester sitzt im Bett, und ich gehe auf sie zu und setze mich neben sie, nehme ihre Hand in meine.

»Mama und Papa drehen durch.« Sie hat geweint, und zwar vor nicht allzu langer Zeit. Die Spuren der Tränen in ihrem blassen Gesicht sind nicht zu übersehen. »Ich hab ihnen gesagt, dass ich schon länger drüber nachgedacht habe, dass ich den Nachholtermin im August nutzen will. Deshalb müssen wir jetzt den Urlaub in den Juli vorziehen, und das ist lästig und Papa ist sauer.« Für einen langen Moment schließt sie die Augen, dann öffnet sie sie wieder. »Montag geh ich mit Mama zum Arzt, um ein Attest zu holen.«

»Aber … warum willst du denn die Prüfungen nachholen?«

»Weil ich gerade 'ne schwierige Phase hab.«

Ich denke: *Was, wenn deine schwierige Phase mehrere Monate lang dauert? Was, wenn du im August immer noch nicht so weit bist? Was, wenn deine schlechte Phase keine Phase ist, sondern dein restliches Leben?*

»Ist das überhaupt einfach so möglich?« Ich schlucke. »So ohne Weiteres?«

»Ja, wenn wir ein Attest kriegen, schon. Und zum Glück kennen sie ja meine Geschichte«, erklärt Cecilie. »Mama hat angerufen und einen Termin mit dem Stufenleiter gemacht. Das ist nur eine Art … Formalität.« Sie schnieft. »Kommst du mit?«

»Klar.«

»Papa findet, das ist irre.« Sie blinzelt schnell, aber die Tränen fangen trotzdem wieder an zu laufen. »Findest du auch, dass es dumm ist?«

In meinem Kopf fällt alles zusammen wie ein Gebäude, von dem man völlig naiv gedacht hat, man könnte es einfach so allein bauen: Wenn wir den Urlaub auf Kreta in den Juli verschieben, fällt der womöglich mit meiner und Jonas' Interrail-Tour zusammen. Und wenn Cecilie ihre Prüfungen erst im August macht – heißt das, sie will die ganzen Sommerferien über lernen? Muss *ich* die ganzen Ferien über mit ihr lernen?

»Du bist nicht dumm«, schaffe ich es endlich zu sagen. »Wir kriegen das schon hin.«

»Meinst du wirklich?«

»Ja, natürlich.«

Sie starrt mich plötzlich an, als hätte sie einen komischen Fleck in meinem Gesicht entdeckt. »Du siehst glücklich aus.«

Beim Gedanken an meinen Nachmittag beginnt mein Herz, schnell und unregelmäßig zu schlagen. »Tu ich das?«

»Ihr habt euch geküsst, stimmt's? Du und Kristoffer?«

»Also … ja.«

»Ein Mal?«

Ich kann jetzt nicht anfangen, all die Küsse zu zählen. »Ich hab nicht vergessen, was du über ihn gesagt hast. Dass er ein Fuckboy ist. Aber das heute wirkte jedenfalls sehr … echt.«

»Okay.« Sie beißt sich auf die Fingernägel, als würde meine Antwort sie nervös machen. Ich bin kurz davor, sie zu fragen, ob sie meint, dass Kristoffer einer ist, der bei so was lügt. Also, bei so einer Sache wie, dass er mich glücklich machen will. Ob sie meint, dass er so was zu jedem Mädchen sagt, das er gut findet.

Aber ich hab gerade keine Lust, ihre Antwort darauf zu hören. Ich hab Lust, glücklich zu sein.

»Bist du in ihn verliebt?«, fragt sie, während sie einfach nur dasitzt, mich anstarrt und an ihren Nägeln kaut.

»Nein«, sage ich mit einem glücklichen Grinsen, von dem ich nicht weiß, woher es kommt.

»Seht ihr euch wieder?«

»Mmh … ja. Freitag. Bei ihm zu Hause.«

Plötzlich bekommt sie schwerer Luft. Es hört sich an, als säße jemand auf ihrem Brustkorb, jemand, den sie allein durch die Kraft ihrer Lungen anheben müsste.

»Soll ich das Fenster aufmachen?«, frage ich und bin schon aufgestanden.

Sie schüttelt den Kopf.

»Vielleicht sollte ich dich einfach richtig einpacken?«, höre ich mich vorschlagen.

Ich beobachte mich wie von außen, während ich die Decke fester um Cecilie wickle, sie unter ihr feststopfe, wie sie es liebt; das Gefühl, sich in einem sicheren, warmen Kokon zu befinden.

»Sorry«, sagt sie, als nur noch ihr Gesicht rausguckt. »Es ist nicht so, dass ich nicht hören will, wie es war. Bloß jetzt gerade nicht.«

»Schon gut.«

»Es war einfach ein Scheißtag. Sorry.«

»Hör auf, dich zu entschuldigen.«

Meine große Schwester war die Erste, die auf einen Baum kletterte, die Erste, die freihändig Fahrrad fuhr. Es müsste auch sie sein, die die erste Beziehung hat, die zuerst Abitur macht, die einen Weg bahnt. So sollte es mit großen Schwestern sein: Sie machen Dinge, für die man selbst noch nicht bereit ist, sie sind klug und stark, und man schaut zu ihnen auf und ist heimlich ein bisschen neidisch auf sie.

Ich bin mir sicher, dass Cecilie darüber nachdenkt, wie es zwischen uns hätte sein müssen.

Dass ich die kleine Schwester sein müsste.

Dass sie die große Schwester sein müsste.

Ich wünschte, ich könnte ihr erzählen, dass das nichts bedeutet. Dass das völlig egal ist. Dass ich sie liebe, so wie sie ist.

Jetzt höre ich sie auf der anderen Seite der Wand weinen. Nicht die Art von Weinen, von dem sie will, dass Mama und ich es hören. Die Art von Weinen, das man selbst in einem Kissen zu ersticken versucht.

Ich wünschte, ich wäre meiner großen Schwester eine bessere große Schwester.

21

Freitagnachmittag auf dem Weg zu Kristoffer fühlt sich das alles plötzlich unwirklich an. Ich finde kaum Platz für etwas anderes in meinem Kopf als für die enttäuschten Gesichter meiner Eltern und für Cecilie, die sich zu einem kleinen Ball zusammengerollt hat, der ins Bett und aus ihm herausrollt, isst, Serien guckt.

Das Boot, die Küsse – das alles kommt mir vor wie ein kindischer Traum.

Aber dann öffnet Kristoffer die Tür, und es ist ein Naturgesetz, dass wir uns sofort küssen, gleich dort im Türrahmen. Danach umarmen wir uns. Wir stehen einfach da und halten einander, während Minuten zu vergehen scheinen.

»Ich war mir nicht sicher, ob du kommst«, murmelt er mit dem Mund in meinen Haaren.

»Was?« Ich muss grinsen.

»Du bist völlig emotionslos, wenn man mit dir schreibt.« Er lässt mich los, schneidet eine alberne Grimasse. »Ich fühle mich wie ein bettelndes Hündchen.«

Zuerst sitzen wir in Kristoffers Garten, einem kleinen Rasenviereck mit ein paar Gartenmöbeln darin. Dann gehen wir nach oben in sein Zimmer.

Es dauert nicht lange, bis wir auf dem Bett landen.

Sein Mund fühlt sich warm an, und er schmeckt gut. Meine Bluse rutscht hoch, und sein Finger beschreibt Kreise um meinen Bauchnabel. Ich halte die Luft an. Dann lasse ich meine Hand ebenfalls unter sein T-Shirt wandern. Erforsche die Konturen seiner Muskeln, die seidenweichen Haare unten auf seinem Bauch.

Er liegt da und lächelt, betrachtet mich.

Ich habe keine Ahnung, woran er denkt.

Vielleicht merkt er, dass ich zögere. Vielleicht ist er enttäuscht, dass ich mein Shirt noch nicht von mir geschleudert und mich auf ihn gesetzt habe, dass ich nicht seinen Schwanz befreie und ihm einen blase. Mit der äußersten Fingerspitze streife ich die kalte Metallschnalle, nähere mich der Ausbuchtung in seiner Hose. Ein leichter Ruck fährt durch seinen Körper.

»Ich hab keine Kondome da.« Seine Stimme klingt heiser, er räuspert sich. »Ich weiß selber, dass das blöd ist.«

»Okay, aber ... also, ich nehme nicht die Pille.«

»Ich hab das nicht gesagt, um ...«, beginnt er. »Mehr um ... na ja, um die Erwartungen anzupassen.« Er lächelt. »Sie zu senken.«

»Oh.« In Wirklichkeit bin ich erleichtert, dass das hier nicht mit Sex enden kann, aber ich versuche, neutral zu wirken. Ich hoffe, ich komme wie ein Mädchen rüber, das sowieso mit niemandem ins Bett geht, den es vorher nicht schon ein paar Wochen lang gedatet hat.

Eine Weile liegen wir nebeneinander und streicheln uns, ohne zu reden. Sein Blick ist ein kleines bisschen verhangen. Einmal kneift er zwischendurch kurz die Augen zu, als ich eine bestimmte Stelle an seinem Körper berühre; die weiche Haut nahe der Achsel.

»Bis jetzt hatte ich immer nur betrunken Sex«, sagt er schließlich. »Ich bin also sozusagen eine Nüchternheitsjungfrau. Ich weiß gar nicht, wie es ist, wenn man dabei nicht besoffen ist. Vielleicht braucht mein Schwanz Wodka, um zu funktionieren?«

Das hier ist wohl der Moment, in dem ich lachen und ihm erzählen sollte, dass ich ganz und gar Jungfrau bin und sich meine Erfahrung damit, halb nackt mit jemandem rumzuknutschen, an einem Finger abzählen lässt und ungefähr ein Jahr her ist.

»Hab ich jetzt die Stimmung versaut?«, fragt er, als ich nicht gleich antworte.

»Ein bisschen.«

»Das hab ich gemerkt.«

Ich schlucke, will ihm gern was von mir erzählen. »Ich bin froh, dass du mich zu dem Segeltörn eingeladen hast.«

»Wirklich?«

Er klingt so überrascht, dass mich das fast ein wenig kränkt. »Ja. Warum sollte ich das denn nicht sein?«

»Als ich letzten Sommer zurückgekommen bin, hast du mich immer mit 'nem totalen Killerblick angeguckt.«

»Keine Ahnung, ob ich das gemacht hab.« Ich bewege mich ein wenig, bringe etwas Abstand zwischen unsere Gesichter.

»Normal wäre es gewesen, wenigstens drei Sätze mit mir zu wechseln. So was wie: ›Hallo, Kristoffer, willkommen zurück, wie ist es dir ergangen?‹ «

»Aber du bist ständig mit diesen Angeber-Idioten zusammen. Ich glaub, ich hab dich noch nie alleine auf dem Flur gesehen.«

»Hey! Sprich nett von meinen Freunden.« Er zwickt mich ins Ohrläppchen. »Und denk dran, es steckt immer etwas anderes hinter den Angebern. Genauso wie immer was anderes hinter den Nerdigen und den Taffen und den Niedlichen steckt.«

»Ich weiß schon, dass alle was hinter ihrer Fassade verstecken«, sage ich.

»Ach, tust du das?« Kristoffer greift nach einer meiner lockigen Haarsträhnen, zieht sie Stück für Stück glatt.

»Ja.« Ich nehme ihm die Haarsträhne aus der Hand. »Du musst mir jedenfalls keinen Unterricht in Küchenpsychologie geben, vielen Dank.«

Er beißt sich schräg auf die Unterlippe, eine Geste, die halb unsicher, halb entschuldigend wirkt. »Geht es Cecilie eigentlich besser?«

Das ist die einzige Frage, die auch Jonas über meine Schwester stellt. Die Frage, die am logischsten ist und die mich am meisten frustriert. Als ob sie bloß eine Grippe hätte und das bald überstanden wäre.

»Tja, sie hat entschieden, den Nachholtermin im August zu nutzen.« Mein Hals wird eng. »Um ein bisschen mehr Ruhe zu haben.«

Kristoffer nimmt meine Hand und drückt sie. »Macht dich das traurig?«

»Nee.« Ich gebe mir Mühe zu lächeln. »Es ist bloß nervig, dass sie die ganzen Sommerferien über lernen wird.«

22

Das Büro des Stufenleiters liegt direkt neben dem Sekretariat. Mama geht rein und meldet uns an. Cecilie zerquetscht beinahe meine Hand. Wir haben uns den ganzen Weg hierher an den Händen gehalten, im Wartezimmer der Arztpraxis und im Auto, wo wir auf dem Rücksitz gesessen haben. Mama hat einen Kultursender eingestellt und uns ständig im Rückspiegel beobachtet.

Jetzt stehen wir hier und starren runter in die Badewanne. Leises Gemurmel dringt von den Kleingruppen, die dort an den Tischen sitzen und sich unterhalten, zu uns hoch. Ein paar wenige Lehrer und Schüler hasten durch die Flure. Ich kann es richtig körperlich spüren: das Summen des Prüfungsbetriebs. In vier Tagen bin ich dran.

»Jacob wird so enttäuscht von mir sein«, sagt Cecilie.

Ich drücke ihre Hand: »Er wird es schon verstehen.«

Neben den Gesprächen, zu denen meine Eltern wegen Cecilies Fehlzeiten einbestellt worden sind, hatte meine Schwester in den letzten Jahren feste »Stand der Dinge«-Gespräche mit Jacob, dem Stufenleiter. Er ist einer der wenigen Erwachsenen am Gymnasium, die Cecilie tatsächlich mag. Einer der wenigen, von denen sie sich verstanden fühlt. Er hat sich darum gekümmert, Cecilies Lehrer über ihre »psychischen Herausforderungen« zu informieren und sie darum zu bitten, so viel Rücksicht wie möglich zu nehmen.

Ich grüble oft darüber, was die Lehrerinnen und Lehrer tatsächlich über eine Schülerin wie meine Schwester denken. Ob sie hoffen, sie durchzubekommen, oder ob sie meinen, dass sie zu schwach ist und die Schule abbrechen sollte.

Ich sitze auf einer der Bänke vor dem Schulgebäude und warte, während Mama und Cecilie mit Jacob reden. Die Sonne brennt, und ich schiebe die T-Shirt-Ärmel noch weiter hoch, krame mein Handy raus und schreibe Jonas, dass ich in der nächsten halben Stunde vor der Schule rumhänge und ob er vorbeikommen will. Er wohnt ganz in der Nähe – wenn er Lust hat, kann er in zwei Minuten hier sein.

SORRY, schreibt er. **ICH LIEGE GERADE IN DER BADEWANNE.**

Er schickt ein Bild mit, auf dem seine nackten Beine zu sehen sind, die neben einer Flasche Kakao rechts und links über einen angeschlagenen Badewannenrand hängen.

OCH, ABER ICH SITZ HIER GANZ ALLEINE RUM ...

SAG BESCHEID, WENN DU MEHR BILDER HABEN WILLST, schreibt er, ohne meine Einsamkeit zu kommentieren.

Ich bin mir ziemlich sicher, dass Jonas und ich nach den Sommerferien keine besten Freunde mehr sein werden. Ich habe ihm noch nicht von Cecilies abgesagten Prüfungen erzählt, und er hat nicht nach ihr gefragt. Ich habe ihm auch nicht erzählt, wen ich date. Überhaupt ist da plötzlich eine große Kluft zwischen uns, von der ich keine Ahnung habe, wie ich sie überbrücken soll.

Ich rufe Kristoffer an. Im Gegensatz zu Jonas geht er sofort ran. Beim Klang seiner Stimme kribbelt mein Bauch komisch. Möglich, dass ich nicht länger auf Jonas zählen kann, aber dafür habe ich Kristoffer. Er ist für mich da. Immer. Jedes Mal.

»Soll ich vorbeikommen?«, fragt er.

Mein Telefon gibt ein *Pling* von sich, und ich stelle mir vor, dass das Jonas ist, der sich umentschieden hat, der schreibt, dass er doch kommt.

»Das ist nicht nötig«, sage ich.

»Ich liege eh nur im Garten rum und versuche zu lernen, mir ist jede Ablenkung recht«, sagt er. »Und du klingst traurig?«

»Es fühlt sich nur so komisch an, dass Cecilie kein Abi macht wie ihr anderen«, sage ich. »So … falsch.«

»Bist du sicher, dass ich nicht doch kommen soll?«

Im selben Moment entdecke ich Caroline. Sie läuft in ihrer zögerlichen, nagetierartigen Haltung direkt auf mich zu. Als wir kurz Augenkontakt haben, guckt sie weg, aber ich hebe den Arm und winke so wild, dass sie mich nicht ignorieren kann. Jetzt steuert sie auf mich zu.

»Was hältst du davon, wenn wir uns stattdessen morgen treffen?«, frage ich Kristoffer. »Bei dir?«

»Komme ich irgendwann mal in den Genuss, euer Haus von innen zu sehen?«

»Irgendwann bestimmt«, sage ich.

Kristoffer schweigt einen Augenblick. »Ich fürchte, ich denke ein bisschen zu oft an dich. Das ist gefährlich.«

»Warum ist das gefährlich?«

»Weil ich mir immer noch nicht sicher bin, dass du mich magst.«

»Sei nicht albern.« Wir verabschieden uns, und ich lege das Handy in dem Augenblick zur Seite, als Caroline bei mir ankommt.

»Hallo«, sagt sie. »Hast du heute Prüfung?«

»Nein, ich warte auf meine Mutter und Cecilie. Sie reden gerade mit Jacob.«

»So?«, sagt sie nur. Es wundert mich wirklich, dass es sie überhaupt nicht interessiert, was Cecilie beim Stufenleiter macht.

»Sie müssten bald fertig sein. Vielleicht sagst du ihr kurz Hallo?«

»Ich hab in 'ner halben Stunde Deutschprüfung.« Sie guckt auf ihre Uhr, dann zur Seite. »Ich sollte zusehen, dass ich reinkomme.«

Sie bittet mich nicht, Cecilie von ihr zu grüßen, geht einfach. Am liebsten würde ich ihr hinterherlaufen und sie fragen, was für eine Scheißfreundin sie eigentlich ist. Ob sie nicht für sie da sein will, wenn es Cecilie richtig dreckig geht. Aber vielleicht hatte ich die ganze Zeit über recht mit meiner Vermutung; vielleicht sind sie nur Freundinnen geworden, weil alle anderen längst jemanden gefunden hatten.

Als ich einen Blick auf mein Handy werfe, sehe ich, dass nicht Jonas mir geschrieben hat, sondern Veronica.

HI, ASTRID, schreibt sie. **WANN BIST DU FREITAG DRAN? ICH KOMME ZUM SUPPORTEN :)**

Sowohl der Arzt als auch Jacob haben zugestimmt, dass Cecilie die Prüfungen nachholen darf, jetzt geht es nur noch darum, die Änderungen mit dem Reisebüro abzusprechen. Abends wirkt Mama erleichtert. Papa macht eine lange Joggingtour. Als ich Cecilie Gute Nacht gesagt habe und ins Bett gehen will, kommt Mama in mein Zimmer und schließt die Tür hinter sich.

»Da ist etwas, worüber wir sprechen müssen. Es geht um die Sommerferien«, sagt sie und lässt den Blick durch mein Zimmer schweifen, als wunderte sie sich darüber, wie es bei mir aussieht. Hier gibt es keine Pu-der-Bär-Poster oder Plüschtiere, nur Klamotten, Bücher und Taschen.

»Was denn?« Ich lasse mich aufs Bett fallen.

»Wir müssen den Urlaub ja verschieben. Wenn es jetzt nicht mehr im August geht, passt es mit Papas Arbeit am besten, wenn wir am Samstag, dem achtzehnten Juli, abreisen.« Sie verzieht ihr Gesicht zu einem kleinen, unglücklichen Lächeln. »Ich weiß schon, dass das mit deiner und Jonas' Interrail-Tour zusammenfällt. Gibt es irgendeine Möglichkeit, eure Tour zu verschieben?«

»Aber wir haben die Pässe doch schon gekauft! Da stehen nur Reisetage im Juli drauf.«

»Könntet ihr dann vielleicht vor dem achtzehnten fahren?«

»Jonas fährt mit seiner Mutter und seinen Brüdern nach

Schweden«, sage ich. »Das machen sie immer in den ersten beiden Juliwochen.«

»Okay.« Mama wischt sich mit der Hand über die Augen. »Natürlich fährst du mit Jonas, ihr habt euch doch schon so lange auf die Interrail-Tour gefreut. Das verstehen Papa und ich. Dann müssen wir halt ohne dich auskommen.«

Aber ich kann ihr ansehen, dass das natürlich eine Katastrophe ist. Ich habe keine Ahnung, wie die drei jemals eine ganze Woche am Stück ohne ihr Bindeglied überleben sollen.

»Ich fahre mit euch«, sage ich nach einem tiefen Atemzug.

Mama versucht zu protestieren, aber die Wörter kommen wie kleine ertrunkene Sätze aus ihrem Mund, die sie nicht einmal selbst am Leben halten kann: »Nein ... Schatz ... das ist doch wichtig für dich ... du sollst doch auch ... Jonas wird ...«

»Ich mein's ernst«, sage ich. »Es ist okay. Wirklich.«

»Bist du sicher?« Sie sieht müde aus. So wie jemand, den ein schwieriges, dauerschreiendes Baby nächtelang wach gehalten hat.

»Ja«, sage ich. »Ich möchte am liebsten mit euch in den Urlaub fahren.«

Sie umarmt mich. Einen Moment lang befürchte ich, dass sie gleich zu weinen anfängt.

»Danke«, sagt sie.

23

Nach der Sozialkundeprüfung ist mir total heiß. Ich komme aus dem Prüfungsraum und drücke mich vor Jonas' und Veronicas Umarmungen, indem ich voller Ekel auf die Schweißflecken zeige, die sich auf meinem T-Shirt abzeichnen. Jonas und Veronica waren beide gestern schon dran, aber ich war nicht da, um sie zu supporten, habe mich damit entschuldigt, dass ich noch lernen müsste.

»War's gut?« Jonas steht näher neben Veronica, als er normalerweise neben irgendeinem Menschen steht. Mein bester Freund sagt immer, dass er ein Problem mit seiner Intimsphäre hat.

»Keine Ahnung.«

»Welches Thema hast du denn gezogen?«, fragt Veronica.

»Entwicklungshilfe.«

Als ich zwei Minuten später aufgerufen werde, um mein Ergebnis abzuholen, grinst unser Lehrer schon, als ich gerade erst in der Tür stehe, und ich schaffe es nicht mal, mich hinzusetzen, bevor die externe Prüferin sagt, dass ich meinen Stoff beherrsche, dass meine Darstellung klar und präzise war und dass sie mich mit einer Eins in die Sommerferien entlassen. Jonas und Veronica jubeln, und irgendwie verabreden wir, dass wir zum Hafen gehen und feiern, dass wir jetzt alle drei durch sind. Eine halbe Stunde später sitzen wir im Café am Kai, schlürfen unsere Cappuccinos und essen Blaubeermuffins. Jonas rülpst so laut, dass Veronica ihn in den Rücken knufft und sagt: »Howdy, Cowboy!«

Und ich kann nicht anders, als festzustellen: Sie sind ziemlich süß zusammen.

»Ferien!«, ruft Jonas. »Das ist ja wohl mega! Freiheit!«

»Jaaaa«, sagt Veronika und schielt zu mir rüber. »Ferien!«

Seit der unglücklichen Café-Episode mit Jonas habe ich mit keinem von beiden mehr über die Interrail-Tour gesprochen. Vielleicht warten sie darauf, dass ich das Thema aufgreife, vielleicht haben sie aber auch schon hinter meinem Rücken Pläne geschmiedet.

»Ja, Ferien. Yay!«, sage ich.

Jonas schlägt mir auf die Schulter. »Ist alles in Ordnung?«

»Tja … Unser Kreta-Urlaub hat sich in den Juli verschoben … Ich weiß, dass *wir* da loswollten, aber nun müsst ihr beide wohl alleine reisen.« Ich ziehe meine Mundwinkel so weit auseinander, dass es in den Schläfen spannt. »Siehst du! Jetzt ist es genau so gekommen, wie du vorhergesagt hast!«

Beide starren mich an, ohne etwas zu sagen. Die Stille fühlt sich peinlich an, obwohl ich eigentlich gedacht hätte, sie würde sich quälend anfühlen – für sie.

»Ich muss mal aufs Klo.« Veronica stellt ihre Tasse ab, steht auf. Dann schlappt sie in ihren lilafarbenen Crocs Richtung Eingangstür und verschwindet im Café. Jonas und ich bleiben sitzen und schauen ihr schweigend nach

»Warum verschiebt ihr den Urlaub?«, fragt Jonas schließlich.

»Weil Cecilie den Nachholtermin für die Prüfungen nutzt. In allen Fächern.«

Er schweigt wieder. Tief innen drin hoffe ich, dass er mit diesem Schweigen überdeckt, dass er sich schämt, nicht früher nachgefragt zu haben, wie es bei mir zu Hause aussieht.

»Meinst du nicht, dass es das Beste für sie ist?«, fragt er dann.

»Glaubst du das?«

»Okay, klar ist das total scheiße. Aber wenn du es mit etwas Abstand betrachtest: Immerhin macht sie Abitur. Und sie liegt auch nicht im Sterben, oder?«

Das mit dem Tod ist quasi Jonas' Trumpf. Dagegen lässt sich schwer was sagen.

»Ist es nicht auch so, dass die Leute so langsam anfangen, psychische Krankheiten genauso zu betrachten wie ein gebrochenes Bein?«, fragt er weiter. »Es ist kein Tabu mehr, oder?«

Dieses Bedürfnis, zu vergleichen, habe ich noch nie verstanden.

Wer sich ein Bein gebrochen hat, hat ein gebrochenes Bein.

Wer eine Angststörung hat, dem hat man eine Art schwarzen Hut über den Kopf gezogen.

»Nein, Cecilie liegt nicht im Sterben«, sage ich. »Natürlich nicht.«

»Ich verstehe immer noch nicht, wieso sie keine Medikamente kriegt.« Jonas' Stimme ist leise, er murmelt beinahe. »Wenn es ihr wirklich so beschissen geht, wie du sagst.«

Einen kurzen Moment überlege ich, ihm all das zu erzählen, was mir durch den Kopf geht:

Papa hält nichts von Psychopharmaka, er findet, Angst bekämpft man mit Willensstärke. Mama sagt, dass Cecilie selbst entscheiden muss, was sie möchte, während der Arzt Medikamente und Gesprächstherapie empfiehlt. Aber wie soll man eine 19-Jährige dazu zwingen, etwas zu tun, das sie nicht will? Außerdem hat Papa eine Vorstellung davon, was man von meiner Schwester verlangen kann, und Mama eine ganz andere, sie streiten sich ständig, und ich habe Angst, dass sie sich nicht mehr lieben. Ich habe Angst, dass sie schon lange kein richtiges Team mehr sind.

All das könnte ich Jonas erklären, aber ich habe nicht die Kraft dazu.

Die Möwen hüpfen näher an uns heran. Sie schlagen mit den Flügeln und fixieren unsere Kuchenkrümel, stoßen ihre heiseren Schreie aus.

»Bist du dir sicher, dass du unsere Tour absagen willst?«, fragt Jonas dann. »Müssten sie nicht verstehen, dass es wichtiger für dich ist, mit uns wegzufahren, als mit ihnen? Du bist siebzehn.«

»Ich muss mitfahren. Sie halten es sonst nicht miteinander aus.«

»Aber ist das *dein* Problem?«, fragt er. »Musst du unbedingt die Märtyrerin spielen?«

Ich werfe ihm einen Blick zu, der ihm klarmacht, dass er den Mund halten soll.

Er räuspert sich. »Hast du deinen Eltern schon von deiner Note erzählt?«

»Noch nicht.«

Ich hole mein Handy aus der Tasche. Zwei Nachrichten. Eine ist von meiner Mutter, die fragt, wie es gelaufen ist. Die andere ist von Kristoffer, der dasselbe fragt, bloß mit mehr Wörtern. Cecilie hat nicht geschrieben. Ich habe versprochen, ihr Bescheid zu sagen. Ich schicke eine Eins an alle drei. Mehr nicht.

Kristoffer antwortet sofort: **HERZLICHEN GLÜCKWUNSCH, DU KÖNIGIN DER SOZIALKUNDE! WILLKOMMEN IN DEN FERIEN.**

Ich fange an, eine Antwort zu tippen.

»Schreibst du mit Cecilie?« Jonas klingt wie einer von den Anonymen Alkoholikern, der gerade Wodkageruch in meinem Atem festgestellt hat.

»Nein«, sage ich. »Wenn du's unbedingt wissen willst, ich schreibe mit Kristoffer.«

»Mit Ex-Nachbar Kristoffer?« Er reißt die Augen auf. »Da ist aber was los in deinem Leben!«

Ich zucke mit den Schultern. »Wir haben uns bloß ein paarmal getroffen.«

»Das freut mich für dich.« Er wirft mir ein seltsames kleines Lächeln zu. »Ich mein das ernst. Mega, wenn du glücklich bist.«

Ich denke: *Siehst du mir überhaupt nicht an, wie's mir*

geht? Kannst du dir nicht vorstellen, dass ich nicht einfach glücklich sein kann, während das Leben meiner Schwester so am Arsch ist?

Als Veronica zurückkommt, setzt sie sich eng neben Jonas.

Den restlichen Nachmittag reden wir nicht mehr über die Interrail-Tour.

24

Am nächsten Tag ist unser Sommerurlaub umorganisiert. Die Tickets sind geändert, und wir reisen Mitte Juli. So hat Cecilie nach dem Urlaub noch fast zwei Wochen Zeit zum Lernen, bevor ihre erste Prüfung ansteht. Ich habe beinahe meinen Frieden damit gemacht, dass es nun ist, wie es ist. Die Interrail-Tour mit Jonas wäre mit Veronica im Schlepptau eh nicht dasselbe geworden. Und vielleicht schaffen wir es ja wirklich, uns alle vier am Pool zu entspannen, vielleicht ist dieser Urlaub genau das, was wir brauchen.

Alles wird jetzt gut, versichere ich mir selbst.

Alles wendet sich zum Guten, beruhigt sich.

Aber so ist die Realität nicht.

Cecilie erzählt, sie hat geträumt, dass unser Flugzeug abstürzt; wir alle brennen wie lebendige Fackeln in der Dunkelheit, bevor wir ins Meer stürzen und sterben. Jetzt traut sie sich nicht mehr zu schlafen, aus Angst, dass sich dieser Traum wiederholt.

»Hör auf, an so was zu denken«, sage ich. »Denk lieber dran, wie viele Flugzeuge jeden Tag abheben und alles geht gut.«

Aber mit Angst kann man nicht diskutieren. Cecilie redet weiter darüber, sie träumt weiter davon.

Dann sitzt Mama in der Küche und sagt zu meiner Schwester, dass sie, falls Cecilie am Abreisetag immer noch Angst hat, mit ihr zusammen zu Hause bleibt und Papa und ich allein in den Urlaub fliegen. Ich gehe in den Garten, verstecke mich hinter meiner Sonnenbrille und Ohrstöpseln mit Musik. Nach einer Weile kommt Mama raus und setzt sich neben mich, versichert mir, dass wir selbstverständlich alle vier in den Urlaub fliegen werden. Das mit dem Zuhausebleiben ist nur so eine Art Hintertür für Cecilie, damit die sich nicht unter Druck gesetzt fühlt und ständig grübelt.

Das klingt logisch.

Man sollte denken, das würde helfen.

Aber nach dem Gespräch mit Mama scheint es meiner Schwester immer schlechter zu gehen. Sie weint viel. Nicht dieses leise, private Weinen, sondern Rotz und Tränen und Schluchzen, die sich in der Küche, im Flur und überall sonst ausbreiten, wo sich Cecilie in ihrer Jogginghose entlangschleppt.

An die Zukunft denke ich nur noch als kleine graue Felder, die wir abhaken müssen, um sie hinter uns zu bringen. Es ist immer noch Juni, und vielleicht wird es Cecilie besser gehen, wenn die Prüfungszeit vorbei ist und sie nicht mehr nonstop daran erinnert, dass sie nicht wie alle anderen ihren Abschluss macht. In drei Wochen reisen wir nach Kreta, und danach kann sie ihre Prüfungen machen und dann ihr Leben in die Hand nehmen.

Ich hoffe, es wird so.

Ich schaffe es beinahe, mir einzubilden, dass es so wird.

Aber dann kriege ich Samstagabend einen Streit zwischen meinen Eltern mit. Mama sagt, sie will mit Cecilie zum Arzt gehen, um eine Überweisung zum Psychiater zu bekommen. Papa sagt, das hilft nichts und dass Cecilie noch nicht so angeknackst ist, dass sie selbstmordgefährdet wäre.

»Was zum Teufel ist das denn für ein Argument?« Nachdem er ›Selbstmord‹ ausgesprochen hat, wird Mama laut. »Und woher willst du das eigentlich wissen?«

Ich bereue, dass ich gelauscht habe. Ich will sie nicht so reden hören. Es fühlt sich an, als ob etwas Kaltes mein Herz umfasst und dann zudrückt.

»Sie ist apathisch«, sagt er. »Das ist ja wohl nicht zu übersehen.«

»Ja, und genau deshalb will ich, dass ein Psychiater sie untersucht. Was, wenn noch etwas anderes nicht stimmt? Was, wenn es nicht *nur* Angst ist?«

»Was sollte es sonst sein?«, fragt er.

»Weißt du was, *du* kriegst nicht jeden Tag mit, wie es unserer Tochter geht. Aber ich! Und mir kommt sie depressiv vor.«

»Ja, natürlich ist sie das.« Papa macht ein Geräusch mit der Nase, eine Art scharfes Schnauben. »Das überrascht ja wohl niemanden! Eine Depression ist eine natürlich Reaktion, wenn jemand in so eine Krise gerät.«

Ich will nicht noch mehr hören. Ich gehe in mein Zimmer und verstecke den Kopf unter meinem Kissen. Mein Weinen ist ein leises, und ich bin sicher, dass niemand im ganzen Haus es hört.

Als ich am nächsten Morgen wach werde, schleiche ich an Cecilies Zimmertür vorbei, obwohl ich sie nach mir rufen höre. Ich mache einen langen Spaziergang durch die Siedlung. Dann setze ich mich auf einen Bordstein und beobachte die Morgenrituale der anderen; Spaziergänger mit Hunden, Jogger in neonbunten Sportklamotten, Autos, die sich mit Kindern füllen und rückwärts aus den Einfahrten rangieren.

Kristoffer schickt mir eine Nachricht, in der er fragt, ob ich Lust habe, heute Abend vorbeizukommen.

MUSST DU NICHT FÜR GESCHICHTE LERNEN?, schreibe ich. Geschichte ist seine letzte Prüfung, die wichtigste, denn die Note der letzten Prüfung steht später auf seiner Studentenmütze, und er sollte gestresst und aufgeregt sein, aber das ist er nicht. Die anderen Prüfungen sind gut gelaufen, weshalb sollte also diese schiefgehen? So einfach denkt er. Für ihn ist wirklich alles leicht.

DOCH, MUSS ICH. ABER LIEBER WILL ICH DICH SEHEN :), schreibt er.

OK, schreibe ich. **DANN KOMM ICH VORBEI.**

Am Nachmittag gucken Cecilie und ich schweigend einen Film in ihrem Zimmer. Ich massiere ihre Kopfhaut. Ihre Haare sind fettig. Als sie eingeschlafen ist, wasche ich mir gründlich die Hände, bevor ich zu Mama in die Küche gehe, wo sie das Abendessen vorbereitet.

Einen Moment lang mustere ich sie unbemerkt. Unsere Mutter ist im letzten Jahr dünner geworden, in ihren Haaren entdecke ich graue Strähnen. Wenn man keinen Blickkontakt mit ihr hat, wenn sie keinen freundlichen Gesichtsausdruck aufsetzt, um anderen entgegenzukommen, wirkt die Haut um ihren Mund und ihre Augen schlaff und bleich wie ein Hefeteig, der in sich zusammengefallen ist.

»Mama?«

Sie schaut auf.

»Ich geh kurz zu Kristoffer rüber.«

»Willst du ihn nicht stattdessen mal zu uns einladen?« Sie zeigt auf die Lasagne, die sie gerade aufschichtet. »Das Essen reicht auch für einen mehr. Dann könnten wir ihn vielleicht mal richtig kennenlernen?«

Am liebsten würde ich ihr erklären, dass ich ganz bestimmt niemanden nach Hause einlade, solange es um uns steht wie jetzt. Glaubt sie wirklich, es wäre nett, einen Zeugen am Tisch sitzen zu haben, während unsere Familie auseinanderfällt?

»Kristoffer hat Ellen schon Bescheid gesagt, dass ich zum Abendessen komme«, sage ich. »Sie kocht für uns.«

»Okay.« Mama macht den Wasserhahn an, spült das Becken aus. Ich überlege, ob sie ein Safer-Sex-Gespräch mit mir führen würde, wenn sie nicht so viel anderes im Kopf hätte. Allmählich muss sie kapiert haben, dass Kristoffer und ich zusammen ins Bett gehen könnten oder es sogar schon getan haben. Der Gedanke fühlt sich komisch an. Einerseits bin ich erleichtert, dass Mama das Thema noch nicht auf den Tisch gebracht hat, andererseits bin ich irgendwie enttäuscht.

»Ich muss los.« Ich bewege mich in Richtung Waschküchentür.

»Warte kurz.« Sie zieht mich in eine Umarmung, die zu lange dauert und sich nicht anfühlt, als hätte sie etwas mit mir zu tun. »Manchmal denke ich, es ist ein bisschen schwierig für Cecilie, dass du nicht mehr so viel zu Hause bist. Ihr seid so ein gutes Team. Ihr habt eine sehr besondere Geschwisterbeziehung.« Endlich lässt sie mich los. »Ich wäre sehr traurig, wenn ihr das verlieren würdet.«

Ich kann mich nicht aufs Fühlen und unsere Körper konzentrieren, weder auf meinen noch auf Kristoffers. Ich bin ganz Kopf. Schließlich bleibt mir nichts anderes übrig, als Kristoffer von mir zu schieben und mich aufzusetzen.

Er bleibt liegen, guckt mich an.

Wieder mal habe ich keine Ahnung, was er denkt, und das macht mich nervös.

»Vielleicht werd ich krank«, sage ich, was total bescheuert ist, aber er streckt sofort den Arm nach mir aus, legt seine Hand an meine Wange.

»Du fühlst dich tatsächlich ein bisschen warm an …«

Und jetzt fühle ich mich plötzlich so: krank, als ob ich Fieber bekommen würde. Ich merke, dass ich Bauchweh habe, meine Haut fühlt sich klamm und feucht an.

Er mustert mein Gesicht. Sagt: »Deine Augen glänzen auch ein bisschen komisch …« Und dann lächelt er, weil er nicht sieht, dass hinter ihnen etwas nicht in Ordnung ist. Aber ich spüre, dass alles falsch ist, mein ganzen Leben fühlt sich so wahnsinnig schwer an. Als ob ich in alle möglichen Richtungen gezerrt würde und an keinem dieser Orte sein kann. Ich falle mehr und mehr auseinander.

Jetzt zieht Kristoffer die Stirn in Falten. »Ist alles okay?«

»Ach, es ist nur Cecilie.« Ich zwinge meine Stimme in einen ruhigen Tonfall. »Es geht ihr wieder schlecht.«

»Ich dachte, das Ganze hätte sich ein bisschen beruhigt, nachdem das mit dem Urlaub geklappt hat?«

»Nicht so richtig.«

»Komm mal her«, sagt er. »Komm zu mir runter.«

Wir liegen lange nebeneinander. Er massiert meine Nasenwurzel, ich schließe die Augen. Das hat meine Mutter auch immer gemacht, wenn ich als Kind nicht einschlafen konnte. Plötzlich beginnt es hinter meinen Augenlidern zu brennen.

»Darf ich was dazu sagen?«, fragt er. »Es wird wahrscheinlich hart klingen, aber es ist nicht so gemeint.«

Ich weiß schon, was er sagen will.

Ich will es nicht hören.

Aber nun spricht er es trotzdem aus, ohne meine Antwort abzuwarten: »Nur Cecilie kann Cecilie retten.«

Kristoffers Vater musste sich selbst retten. Kristoffer weiß genau, was eine psychische Krankheit mit einem Menschen anrichtet, und ich kann ihm nicht widersprechen. Aber mein Magen ballt sich noch stärker zusammen. Kristoffers Worte hinterlassen etwas in mir, das wehtut, das sich falsch anfühlt.

Ich setze mich wieder auf.

Er bleibt liegen.

»Ich muss nach Hause.«

Ein paar Häuser weiter holt Ellen mich ein. Sie kommt mit schnellen Schritten auf mich zu, während sie sich einen Pullover überwirft.

»Astrid! Warte!« Sie ringt nach Atem. »So spät am Abend kannst du doch nicht allein nach Hause gehen.«

»Das macht mir nichts.«

»Ich hätte Kristoffer beibringen sollen, dass man ein Mädchen nicht so spät allein nach Hause gehen lässt«, sagt sie.

Ich will schon gegen diese doppelt sexistische Aussage protestieren, als sie ihren Arm unter meinen schiebt, als wären wir Freundinnen. Plötzlich bin ich mir sicher, dass sie mir aus einem ganz anderen Grund gefolgt ist als der späten Stunde oder der Dunkelheit.

»Du darfst jederzeit bei uns übernachten«, sagt sie.

»Danke. Aber heute passt es nicht so gut.«

Eine Zeit lang gehen wir schweigend weiter.

»Hab ich das richtig mitbekommen, dass Cecilie ihre Prüfungen verschoben hat?«

Die Antwort fällt mir schwer. Die Stille um uns herum ist zu groß, bis zu den Sternen ist es zu weit, ich will nicht weinen.

»Hat Kristoffer dir mal von seinem Vater erzählt?«, fragt sie.

»Mhm.«

Sie drückt meinen Arm. »Ich weiß, wie das ist. Ich weiß, wie sehr das eine Familie belastet. Ich hab's selbst erlebt. Sag deiner Mutter, dass ich immer Zeit für ein Gespräch hab, wenn sie mit jemandem reden will. Es gibt auch verschiedene Kurse, wusstest du das? Man kann lernen, wie man am besten mit so was klarkommt.«

Ich gehe schneller. Würde sie am liebsten fragen, warum sie ihren Mann verlassen hat, wenn es doch Kurse gibt, die alles heilen. Warum sie ihn trotzdem in Grönland zurückgelassen hat, ganz allein mit einer fetten Depression.

Muss man wirklich die verlassen, die man liebt, damit sie sich selbst retten?

»Ich könnte auch mal zu euch nach Hause kommen«, fährt sie fort. »Wir könnten zusammen meditieren. Ich kann euch ein paar Entspannungstechniken zeigen, die ihr zusammen …«

Ich schüttele ihren Arm ab. »Erzählt Kristoffer alles weiter, was ich ihm erzähle?«

Sie sieht verlegen aus. »Natürlich nicht.«

Mein Herz rast. Es ist das erste Mal, dass ich so mit einem Erwachsenen rede. Jetzt bin ich schon wieder kurz davor, loszuheulen.

»Es tut mir leid, wenn ich mich ungeschickt ausgedrückt habe«, sagt sie leise. »Ich bin mir sicher, dass du die beste Schwester der Welt bist.«

25

Ich habe keine Ahnung, ob Ellen Kristoffer von unserem Gespräch erzählt hat, aber allein beim Gedanken daran, sie irgendwann wiederzusehen, wird mir mulmig. Ich bin mir sicher, dass sie jetzt total schlecht von unserer Familie denkt. Dass sie – wie Jonas – findet, wir sollen uns mal zusammenreißen. Schließlich ist niemand gestorben.

Kristoffers letzte Prüfung findet drei Tage vor der Zeugnisfeier statt. Am Vormittag bin ich mir sicher, dass ich zur Prüfung hingehen will, und gleichzeitig nicht, ich kann mich überhaupt nicht entscheiden. Am Ende bin ich so verzweifelt, dass ich Jonas schreibe und ihn frage, was er an meiner Stelle tun würde.

Er ruft mich an.

»Magst du ihn oder nicht?« Jonas klingt genervt, so als hätte ich ihn bei irgendwas Wichtigem unterbrochen, aber echt jetzt, wenn es ihm gerade nicht passt, hätte er mich ja nicht anrufen müssen.

»Es ist kompliziert.« Ich kann mich trotzdem nicht überwinden, ihm von meiner Unterhaltung mit Ellen zu erzählen, und formuliere den Satz bloß noch mal um: »Es ist nicht so leicht.«

»Doch, das ist es! Nimm dich ein bisschen zusammen.«

Das ist ein guter Rat. Ich entscheide mich hinzugehen. Während ich mich fertig mache, kommt Cecilie angeschlurft und bleibt in der Tür stehen.

»Wo willst du hin?«, fragt sie.

»Zur Schule zu Kristoffers letzter Prüfung und zugucken, wie er die Studentenmütze kriegt.«

»Ah ... okay.« Sie stützt sich am Türrahmen ab, wirkt, als könnte sie jeden Moment wegsacken.

Ich ertrage es nicht, ihr in die Augen zu schauen, krame stattdessen in meiner Kommode nach dem Lipgloss. Währenddessen hängt eine seltsame Stille über dem Raum. Meine Lippen, die ich vor dem Spiegel zusammenpresse, um die Farbe aufzutragen, geben ein viel zu lautes Kussgeräusch von sich.

»Denkt ihr dran, ein Kondom zu benutzen?«

»*Was?!?*«

Unsere Blicke treffen sich im Spiegel. Ich kann mein Gesicht dabei beobachten, wie es rot wird, während Cecilie völlig unbewegt in der Tür steht.

»Benutzt ihr ein Kondom?«, wiederholt sie.

Mir wird bewusst, dass ich, was ich mit Kristoffer mache oder nicht mache, auf keinen Fall mit meiner Schwester teilen will. Ich weiß nicht, warum das so ist, wo wir normalerweise doch alles teilen, aber als sie diese Frage stellt, spüre ich plötzlich ein fast körperliches Unbehagen.

»Wenn man Chlamydien kriegt, läuft man manchmal ewig

mit einer Unterleibsentzündung rum, ohne es zu merken, und dann wird man unfruchtbar. Kinderlos *forever*. Dann wirst du nie Mutter werden.«

»Ey, hör auf!«

»Du musst dich damit beschäftigen«, sagt sie. »Und mit dem Risiko, HIV zu kriegen.« Ihre Stimme klingt plötzlich hart. »Du weißt schließlich nicht, mit wem er sonst schon zusammen war.«

Es zieht unangenehm im Zwerchfell. ›Bis jetzt hatte ich immer nur betrunken Sex‹, hat er gesagt, und jetzt grüble ich darüber, ob das bedeutet, dass er auf jeder Party mit einem anderen Mädchen gevögelt hat, und ob man überhaupt daran denkt, sich zu schützen, wenn man besoffen ist und Bock auf Sex hat. Warum muss ich mich auch ausgerechnet in einen verlieben, der vielleicht wirklich eine Tendenz dazu hat, verantwortungslos zu sein?

Ich versuche, meinen Ärger wegzuschieben. Ich senke den Kopf und bürste meine Haare, bis sie elektrisch knistern. Als ich sie wieder an Ort und Stelle schüttele und dabei in den Spiegel gucke, steht Cecilie immer noch da.

»Du siehst gut aus«, sagt sie.

Ich werfe einen Blick auf mein Spiegelbild. »Danke.«

Sie kaut auf ihren Fingernägeln, während sie sich am Türrahmen abstützt. Dann hat sie auf einmal Tränen in den Augen. Ich gehe zu ihr und nehme sie in den Arm. Jetzt fängt sie richtig an zu weinen. Meine Bluse wird nass von Rotz und Tränen, ich werde mich umziehen müssen, und daran sollte ich in diesem Moment nicht denken, aber ich tue es.

»Ich hätte einfach nicht gedacht, dass es so kommen würde«, schluchzt sie. »So schwierig. So scheißschwierig.«

Ich weiß nicht, was ich sagen soll, also halte ich sie einfach nur.

»Ich krieg gar nichts auf die Reihe.«

»Das stimmt doch nicht. Hör jetzt auf.« Hinter ihrem Nacken werfe ich einen Blick auf meine Armbanduhr. Nur noch eine Stunde, bis Kristoffer aus dem Prüfungsraum kommt.

»Findest du, dass ich ein schlechter Mensch bin?«

»Warum denn das?«

Sie lässt mich los und versucht, sich das Gesicht an ihren nackten Unterarmen abzutrocknen. »Es ist so komisch, dass du *ihm* zujubelst, wenn er seine Mütze kriegt«, sagt sie. »Ich habe das Gefühl … wirklich das Gefühl …«

»Du hast das Gefühl, du müsstest es sein, die ich feiere«, bringe ich den Satz für sie zu Ende. Es rutscht mir einfach raus, ich habe keine Zeit für ihr langsames Sprechen und Fühlen.

»Ja.« Sie blinzelt schnell, überrascht.

»Und ganz bald wird das auch so sein«, sage ich, während ich meine Tasche vom Schreibtisch klaube, checke, ob ich meinen Schlüssel, das Portemonnaie, mein Handy habe.

»Kommst du mit raus in den Garten?«, fragt sie dann.

»Jetzt?!?«

»Ja?« Ihr Blick ist leer, als ob sie wirklich vergessen hätte, worüber wir vor dreißig Sekunden gesprochen haben.

»Ich will doch zu Kristoffers letzter Prüfung. Erinnerst du dich?«

»Das hatte ich vergessen.«

Nein, das hast du nicht, denke ich. *Du versuchst bloß, mich zu manipulieren, damit ich mit dir zu Hause bleibe, weil du nicht willst, dass ich rausgehe und mein Leben lebe. Du bist nicht zufrieden, bevor nicht jedes einzelne Mitglied dieser Familie so gelähmt ist wie du selbst, stimmt's?*

Ich versuche, ein Lächeln zwischen meinen Lippen herauszupressen, aber es fühlt sich zu klein an, zu unecht. Sie dreht den Kopf weg. Lässt sich mit einem Seufzer auf mein Bett fallen.

»Wann kommst du nach Hause?«

»Das weiß ich noch nicht.«

»In zwei Stunden?«

»Es kommt drauf an, wie lange es dauert, Erdbeeren und Kuchen zu essen und mit Sekt anzustoßen und so.« Ich sage das nicht, um grausam zu sein, ich muss meine Entscheidung nur untermauern.

Cecilie starrt mich an, sagt aber nichts.

Ich ziehe die vollgeheulte Bluse über den Kopf, lasse sie auf den Boden fallen, durchwühle meinen Schrank nach einer neuen, ziehe sie über und stopfe sie in den Hosenbund.

»Bis später.« Ich umarme meine Schwester, die immer noch auf dem Bett sitzt, und sie hält mich so fest umklammert, als wollte sie mich nie wieder loslassen. Endlich löst sie ihre Arme, und als ich fast schon aus dem Zimmer bin, sagt sie: »Früher hast du mich immer gefragt, ob ich mitkommen will, wenn du irgendwohin gegangen bist. Und jetzt fragst du mich nicht mal mehr.«

Ich halte inne. Schlucke. »Willst du mitkommen?«

»Nein. Aber du darfst niemals aufhören, mich zu fragen, hörst du?« Sie streckt die Arme nach mir aus, will noch einmal umarmt werden. Aber plötzlich ertrage ich den Gedanken nicht, ihr noch einmal so nah zu sein, ich muss so schnell wie möglich hier raus.

»Ich muss mich beeilen. Bis später!«

26

Kristoffers Mutter wartet vor dem Prüfungsraum im ersten Stock. Auch ein paar Typen aus seiner Klasse stehen dort, unter anderem Fillip, der mit dem Piercing. Zum Glück ist er damit beschäftigt, mit den anderen zu quatschen. Ellen sagt, es ist schön, dass ich da bin, aber wir umarmen uns nicht. Sie wirkt nervös, keine Ahnung, ob das wegen unserem blöden Gespräch letztens ist oder wegen der Stimmung auf dem Flur. Es dauert jedenfalls nur ein paar Minuten, bis auch ich mich von den glühenden Wangen und den unruhig zappelnden Beinen anstecken lasse.

»Kommst du heute Abend auch zu uns zum Feiern?«, fragt sie.

»Ich weiß noch nicht«, sage ich und denke an Cecilie, die mich gebeten hat, nicht so lange wegzubleiben.

Fünf Minuten später kommt Kristoffer aus dem Prüfungsraum. Er fährt sich mit beiden Händen durch die schwarzen Haare und schneidet eine Grimasse, dann läuft er direkt zu mir und umarmt mich so heftig, dass ich den Boden unter den Füßen verliere und wir uns fast komplett um die eigene Achse drehen.

»Ich hab den Scheiß-Vietnamkrieg gezogen«, sagt er, während er mich immer noch im Arm hält. Er klingt glücklich, duftet ein bisschen nach Schweiß, und am liebsten würde ich meinen Kopf unter seiner Achsel verstecken.

»Du hast es so gut gemacht, wie du konntest, und jetzt hast du's hinter dir. Und dann bist du Abiturient, stell dir das mal vor!« Ellen streicht ihm über den Rücken.

Eine Prüfungsaufsicht kommt vorbei und zischt uns zu, dass wir leise sein sollen. Dann ruft der Geschichtslehrer Kristoffer auf. Einige Minuten vergehen. Ellen tritt nervös von einem Fuß auf den anderen. Schließlich taucht Kristoffer wieder auf, wirft die Arme hoch und sagt: »Zwei plus!« Alle lächeln und rufen »Herzlichen Glückwunsch!«, ich auch, und ich krame mein Handy raus und mache genau in der Sekunde ein Foto, in der die rot-weiße Studentenmütze auf Kristoffers Kopf landet.

Als ich das Telefon wieder in die Tasche schieben will, sehe ich, dass Mama geschrieben hat: **ICH DACHTE, DU WÄRST HEUTE ZU HAUSE?**

Meine Schwester hat sie also angerufen oder ihr geschrieben und gejammert, dass sie allein ist.

Ich tippe schnell: **BIN IN DER SCHULE. KRISTOFFER HAT SEINE LETZTE PRÜFUNG.**

Meine Mutter antwortet nicht. Das fühlt sich wie ein Vorwurf an, von dem sie weiß, dass sie ihn nicht laut aussprechen kann. Also transportiert sie ihn durch Schweigen.

Plötzlich reicht es mir. Es ist so unfair, dass ich nicht einfach hier sein und mich für Kristoffer freuen kann, ohne das

Gefühl zu haben, dass ich gleichzeitig meine Mutter und meine Schwester verrate.

GEHE NOCH MIT ZU KRISTOFFER, UM ZU FEIERN, SCHREIBE ICH. KANN SPÄT WERDEN.

OK, antwortet Mama. **VIEL SPASS.**

Das schlechte Gewissen kommt zurück – wie ein Schlag in die Magengrube. Niemand ist an der Krankheit meiner Schwester schuld. Wir alle stecken mit drin, und meine Mutter wünscht sich nur, dass sich jemand um Cecilie kümmert. Fast hätte ich zurückgeschrieben, gefragt, ob Cecilie okay ist, ob ich nach Hause kommen soll. Aber dann lächelt Kristoffer mich an, und ich lasse das Handy in meine Tasche gleiten. Ich beschließe, dass ich jetzt hier bin, genau hier.

Eine Menge Leute aus der Stufe meiner Schwester hatten heute ihre letzte Prüfung und haben ihre Studentenmützen gekriegt, aber wir schaffen es trotzdem, ein freies Fleckchen oben im Waschbecken zu finden. Ellen stellt Plastikgläser auf den Tisch und lädt alle, die vorbeikommen und Kristoffer beglückwünschen, ein, mit uns anzustoßen. Am Ende stehen beinahe zwanzig Leute dort versammelt, trinken Sekt und essen in Schokolade getauchte Erdbeeren. Jemand öffnet die Tür zur Dachterrasse, und die meisten gehen raus.

Auch ich folge den anderen in die Sonne. Anfangs klebe ich quasi an Kristoffer, aber natürlich wollen alle mit ihm reden, sodass ich mich ein bisschen allein umschaue. Irgendwann stehe ich plötzlich neben Fillip.

»Was meinst du? Waffenstillstand?« Er stößt mit seinem

Plastikglas gegen meins, während er mit der anderen Hand die Zigarette zum Mund führt.

»Von mir aus.« Der Sekt muss seinen Job getan haben, denn ich schaffe es, Fillip zuzulächeln.

»Da hab ich ja Glück gehabt«, sagt er und grinst. »No hard feelings anymore?«

»No hard feelings«, bestätige ich, auch wenn ich mir nicht ganz sicher bin, ob das stimmt. »Seit wann bist du durch?«

»Schon seit Montag. Ich hab bloß keinen Bock, mit dieser Mütze rumzurennen wie so 'n Idiot.« Er zieht noch mal an seiner Zigarette und späht über meinen Kopf, als ob er nach jemandem Ausschau hielte. »Spricht also nichts mehr dagegen, mich morgen abzuschießen.«

»Was ist denn morgen?«, frage ich.

»Das weißt du nicht?« Er bläst einen perfekten Rauchring in die Luft. »Die Party bei Kristoffer. Vielleicht darfst du ja auch kommen.« Mit einem gemeinen Grinsen fügt er hinzu: »Also, wenn du ganz lieb fragst.«

Ich weiß genau, wie dumm und kindisch ich wirken muss. Wie ernsthaft kann das zwischen Kristoffer und mir schon sein, wenn er mir nicht mal erzählt, dass er eine Party schmeißt?

»Sorry, bin morgen schon woanders eingeladen«, sage ich.

»Oh, wirklich?« Fillip grinst, steckt sich die Zigarette wieder zwischen die Lippen.

Kristoffers Großvater kommt auch zum Abendessen, und so sitzen wir zu viert im Garten, lassen uns die Sonne ins Gesicht scheinen und stoßen an. Irgendwann ruft Kristoffers Vater an, und Kristoffer geht rein, um mit ihm zu sprechen. Zwei Minuten später kommt er schon wieder raus.

»Ich soll euch grüßen.« Er setzt sich, schenkt mir und sich Wein nach.

»Danke.« Ellen legt ihr Besteck zur Seite, platziert Messer und Gabel sorgfältig über Kreuz und wartet kurz, bevor sie fragt: »Bleibt es bei seinem Plan? Kommt er Freitag?«

»Nein.« Kristoffer führt die volle Gabel zum Mund, kaut, senkt den Blick auf seinen Teller. »Ist was dazwischengekommen.«

Ellen und der Großvater wechseln einen kurzen Blick.

»Ich flieg im August für ein paar Tage hoch und besuche ihn. So, wie's halt passt.«

Als wir nach oben gehen, habe ich zwei Gläser Wein intus, und mir ist warm und ein bisschen schwindelig. Eigentlich würde ich Kristoffer gern nach der Sache mit seinem Vater fragen, aber dann fallen wir einfach aufs Bett und knutschen, bis sich alles um mich dreht und mir nichts anderes übrig bleibt, als Kristoffer um ein Glas Wasser zu bitten. Als er nach unten in die Küche gegangen ist, um etwas zu trinken zu holen, setze ich mich auf. Krame nach meinem Handy. Das leere Display lässt meinen Puls langsam schlagen, langsam und laut. Ich überlege, ob ich Cecilie ein Herz schicken soll, aber wahrscheinlich hilft ein Herz überhaupt nicht.

Kristoffer kommt mit einer Karaffe Wasser und zwei Gläsern zurück und lächelt, kaum dass er zur Tür rein ist.

»Was?«, frage ich.

»Ich hab nur daran gedacht, dass ich jetzt Abi hab und Ferien, und ich bin frei und *du* sitzt hier.« Er wirft mich aufs Bett und legt sich auf mich. Das Gewicht seines Körpers lastet so schwer auf mir, dass ich beinahe keine Luft mehr bekomme.

»Jetzt wird alles einfacher«, sagt er.

»Was wird einfacher?«

»Na ja, bisher waren unsere Treffen ein bisschen random, findest du nicht?«

Von allen möglichen Wörtern benutzt er ausgerechnet ›random‹.

Ich drücke gegen seine Schulter, um ihn wegzuschieben. Er gibt mich frei, und ich setze mich auf. »Warum hast du mir nicht erzählt, dass du morgen eine Party schmeißt?«

Er zuckt mit den Schultern. Steht auf, gießt Wasser in ein Glas und reicht es mir. »Ich hab einfach nicht dran gedacht. Ist doch bloß 'ne Party.«

»Und für wen?«

»Für meine Klasse.«

Ich trinke einen großen Schluck. Beim Gedanken daran, dass morgen Abend eine besoffene, lärmende Meute durchs Haus toben wird, wird mir ganz anders.

»Dann hast du wahrscheinlich viel zu tun?«, frage ich. »Getränke kaufen, dekorieren, hinterher aufräumen ...«

»Dekorieren?« Er grinst, sein Grinsen kommt mir hämisch vor. »Es gibt nur drei Regeln: Man bringt seinen eigenen Alkohol mit, man saut nicht rum, und wenn man kotzen muss oder vögeln will, geht man in den Garten. That's it.«

»Entzückend.«

»Du kannst froh sein, dass du dir das nicht ansehen musst.« Er setzt sich wieder, lehnt sich zu mir rüber, um mich zu küssen, aber ich weiche ihm aus.

»Und die Party ist nur für deine Klasse?«

»Ja.« Meine Frage scheint ihn zu überraschen. »Wärst du gern dabei?«

»Nee …«

»Was ist dann das Problem? Bist du eifersüchtig?« Er grinst. Es ist ein Arschlochgrinsen.

»Weißt du, es ist halt nicht so nice, nachdem du erzählt hast, dass du immer mit irgendwelchen Mädchen vögelst, wenn du voll bist.«

»*Ich* hab gar nicht so viel Lust zu vögeln, wenn ich besoffen bin«, sagt er und zwingt meine Finger zwischen seine. »Meistens ist es irgendein Mädchen, das mich überredet.«

»Okay, das ist natürlich viel besser.« Ich mache meine Hand los. »Ist dir klar, dass ich vielleicht wegen dir nie Kinder kriegen werde?«

»Was?!?« Er lacht laut auf.

Ich verziehe das Gesicht zu einem Schmollen.

»Komm mal her, du kleiner Trottel.« Er drückt mich an sich, zieht die Decke über unsere Köpfe. Es dauert nicht besonders lange, bis ich dort in der Dunkelheit vergessen habe, dass er ein Arschloch war. Bald hat er mir das Oberteil ausgezogen, dann den BH. Er versucht, meine Hose zu öffnen, aber da halte ich sein Handgelenk fest, stoppe seine Bewegung.

»Ich hab Kondome da«, sagt er.

»Doch nicht, wenn jemand zu Hause ist, oder?«

»Das überleben die schon. Die Tür ist zu. Oder bist du so eine, die schreit, wenn sie kommt?«

Ich knuffe ihn, er grinst. Dann schiebt er meine Unterhose zur Seite, beißt mich ins Ohrläppchen, während er seine Finger vor und zurück gleiten lässt. Ich versuche, leise zu atmen. Es rauscht in meinen Ohren.

Jetzt muss ich es sagen: »Ich hab noch nie mit jemandem geschlafen.«

Seine Finger halten inne. Er starrt mich an. Wirkt irgendwie überrumpelt, enttäuscht, ich habe keine Ahnung, wie ich seinen Blick deuten soll.

»Aber ich möchte gern«, sage ich schnell. »Mit dir.«

Danach liegen wir nebeneinander und schauen aus dem schrägen Dachfenster. In solchen Sommernächten wird der Himmel nie richtig schwarz, selbst die Dunkelheit wirkt hell.

»Ist es für dich in Ordnung, dass dein Vater nicht zur Abschlussfeier kommt?«, frage ich.

»Mhm«, sagt er.

»Macht dich das nicht traurig?«

»Es ist vor allem meine Mutter, die enttäuscht ist. Also, meinetwegen sozusagen. Mir ist es lieber, er sagt was, als dass er kommt, obwohl er eigentlich keine Kraft dazu hat.«

»Es ist wirklich beeindruckend, dass du das so sehen kannst«, sage ich.

»Wie sollte ich das auch sonst sehen? Es ist für niemanden gut, wenn Leute ihre Grenzen überschreiten.«

Er lächelt, aber mein Hals wird plötzlich ganz eng. Warum ist mein Blick auf meine Schwester nicht auch so verständnisvoll? Was ist falsch mit mir? Ich setze mich auf, versuche, im Halbdunkel zu erkennen, wo meine Klamotten gelandet sind.

»Bleibst du nicht über Nacht?« Kristoffer zieht mich wieder zu sich runter, sodass mein Kopf auf seinem Oberarm zu liegen kommt.

»Ich hab Cecilie versprochen, dass ich nach Hause komme.«

Ich denke an die Nachrichten meiner Mutter. An den Gesichtsausdruck meiner Schwester, als sie mich gebeten hat, nicht zu spät nach Hause zu kommen. Jetzt ist es dunkel. Jetzt liegt sie im Bett. Wie ihr Tag wohl war?

Kristoffer hebt den Kopf und guckt mich an. »Du weißt, dass du ihr nicht hilfst, wenn du so bist, oder?«

»Wenn ich wie bin?«

»Als wärst du ihr Schnuffeltuch.«

»Okay, fuck you. Woher willst du wissen, was Cecilie hilft?«

Er lässt den Kopf wieder fallen und streicht über meine Haare, als ob er sich entschuldigen wollte. »Das, was sie hat, lässt sich nicht dadurch lösen, dass du da bist. Du bist ja wohl nicht ihre Heilung, oder?«

»Es gibt keine sichere Heilung.«

»Nein. Aber sind wir uns einig, dass *du* nicht ihre Heilung bist?«

Ich fühle mich gerade nicht in der Lage, schon wieder mit ihm darüber zu diskutieren. »Mhm«, sage ich nur.

Er rollt sich auf den Rücken und gähnt. »Aber wenn du dich dann besser fühlst, fahr zu ihr nach Hause.«

Ich rücke an die Bettkante, taste nach meinem Handy. Schreibe eine schnelle Nachricht an meine Mutter, dass ich über Nacht bleibe und dass ich hoffe, dass ihr Tag okay war.

»Also gut, du hast gewonnen«, sage ich.

27

Am nächsten Morgen bin ich früh wach und horche auf all die fremden Geräusche. Kristoffers Mutter, die im Erdgeschoss lauthals die Songs im Radio mitsingt, die fauchende Kaffeemaschine in der Küche, Türen, die geöffnet und geschlossen werden. Kurze Zeit später kommt Kristoffers Mutter die Treppe hoch, klopft an die Tür und sagt: »Ich muss los. Habt einen schönen Tag!«

Kristoffer wacht auf. Wir verschlingen uns ineinander. Das weiche, dunkle Haar seiner Achsel riecht nach Schweiß und Deo. Seine Hüften stoßen kantig gegen meinen Körper, sein Schwanz ist hart, sein Kinn kratzt. Alles an ihm ist so anders als mein Körper, und das ist überwältigend.

»Wir sind uns einig, dass du aus eigenem, freiem Willen hier bist, oder?«, fragt er heiser.

»Ja.«

»Ich habe dich nicht entführt oder zu etwas gezwungen, hm?«

»Nein.« Ich muss ein bisschen grinsen.

»Aber trotzdem weinst du?« Er streicht mit dem Zeigefinger die Linie meines Kinns entlang, wischt etwas Nasses weg.

»Keine Ahnung, warum.«

»Weil du sehr, sehr glücklich bist?«, schlägt er vor.

Mein Blick fällt auf den Digitalwecker auf seinem Nachttisch. Es ist fast neun, und ich befreie mich aus seinem Griff, ertaste mein Handy auf dem Boden. Meine Mutter hat dreimal angerufen, sicher will sie, dass ich nach Hause komme und mich um Cecilie kümmere, damit sie mit gutem Gewissen zur Arbeit fahren kann. Ich will gerade zurückrufen, als Kristoffer mir das Handy aus der Hand nimmt und es unters Kopfkissen schiebt.

»So!«, sagt er. »Jetzt machen wir Frühstück.«

Es ist fast zwölf, als wir uns verabschieden. Vorher haben wir auf dem kleinen Rasenviereck hinter dem Haus gesessen, Kaffee getrunken und Pfannkuchen gegessen, bis der Nachbar, der offenbar als Tagesvater arbeitet, alle fünf Kinder rausgelassen hat und die gleich begonnen haben, unter wildem Geschrei den Sandkasten zu verwüsten.

»Viel Spaß bei deiner Party heute Abend«, sage ich, als ich auf der Türschwelle stehe.

Kristoffer lehnt sich gegen den Türrahmen. Der Blick, den er mir zuwirft, lässt mich wünschen, ich könnte ewig hier stehen bleiben. Nie wieder soll mich jemand anders auf eine andere Art und Weise anschauen.

»Schreiben wir?«, frage ich, nachdem ich es endlich geschafft habe, mich loszureißen.

»Solange keiner von uns stirbt – klar.«

»Weshalb sagst du so was?«

»Sorry.« Er lächelt. »Ich bin halt einfach komisch. Kommst du zur Zeugnisfeier?«

»Ich werde den Wagen schmücken«, sage ich. »Genau wie alle anderen Elfer.«

»Dann treffen wir uns auf jeden Fall da.« Mit einer lässigen Geste wirft er den Kopf zurück, als wäre unser Abschied ein wenig lächerlich, überhaupt nicht notwendig. »Und dann sehen wir uns einfach danach.«

»Danach«, wiederhole ich auf dieselbe lässige Art. »Klar.«

Als ich losgehe, tanzt in meinem Bauch eine kleine, erwartungsvolle Seifenblase.

Danach.

Was sich alles hinter diesem Wort verbergen kann.

Als ich mich unserem Haus nähere, zerplatzt die Seifenblase, und mein Magen zieht sich zusammen. Die Haustür ist abgeschlossen, kein Fenster steht offen, ich muss mich selbst reinlassen. Aus allen Zimmern strömt Stille. Ich gehe durchs Haus und schaue überall nach: leer.

Dann rufe ich Cecilie an. Es brummt aus ihrem Zimmer, das Handy vibriert auf dem Boden unter dem Bett. Mein Herz schlägt plötzlich schneller. Meine Mutter geht auch nicht ans Telefon. Also versuch ich es bei meinem Vater. Als ich gerade aufgeben will, geht er ran.

»Hallo?« In dem Moment, in dem er abnimmt, muss ich an das letzte Mal denken, als ich ihn angerufen habe und er in einem Meeting saß und sauer wurde, auf mich und auf sich selbst, weil er das Handy nicht auf lautlos gestellt hatte.

»Papa? Entschuldige, dass … ich anrufe.« Ich bekomme die Wörter nur seltsam abgehackt heraus. »Weißt du … wo … wo Cecilie ist?«

»Mama hat mehrmals versucht, dich zu erreichen.«

»Das weiß ich, aber ich …«

»Wir sind in der Notfallambulanz«, unterbricht er mich. »Wenn wir mit einem Arzt gesprochen haben, kommen wir nach Hause. Hoffentlich dauert es nicht mehr so lange.«

»Was ist passiert?«

Er holt tief Luft. Seine Stimme ist leise: »Es ist die *psychiatrische* Notfallambulanz.«

Mir ist schwindelig, ich weiß nicht, was ich sagen soll. Jetzt kann ich meine Mutter im Hintergrund hören, sie sagt irgendwas zu meinem Vater, er zischt ihr zu, dass sie leise sein soll, bevor er wieder mit mir spricht.

»Mach dir keine Sorgen.«

»Aber ist was passiert? Mit Cecilie?«

»Nur keine Sorge«, sagt er nach kurzem Schweigen. »Wir reden darüber, wenn wir nach Hause kommen, Astrid. Okay?«

Das schlechte Gewissen rast durch meine Adern wie ein Schuss Heroin, mir wird schwindelig und schlecht. Papa hat kaum aufgelegt, als ich auch schon in die Küche renne und mich ins Spülbecken übergebe. Dann gehe ich zurück in Cecilies Zimmer, schlage die Bettdecke zurück, suche unter dem Bett, in ihrer Tasche, durchwühle die Kommodenschubladen auf der Suche nach Tablettenschachteln. Aber ich finde nichts bis auf eine einzelne, fast noch volle Blisterpackung Paracetamol in dem Chaos auf ihrem Schreibtisch.

Trotzdem beruhigt mich das nicht.

All die Dinge, die sie gesagt und gemacht hat, all die Alarmglocken, die ich nicht gehört habe, schreien jetzt in mir: *Ich hab so ein stranges Gefühl, dass alles eh bald vorbei ist.*

Ich ziehe ihren Computer hervor, schließe alle Streamingdienste, die sie geöffnet hat, und klicke mich in ihren Browserverlauf. Plötzlich stehen sie da, in einer langen Liste. Wörter, Sätze. Nicht nur zu Selbstmord.

Versteckter Herzfehler Symptome

Angeborener Herzfehler Symptome

Lungenkrebs Symptome

Multiple Sklerose Symptome

Fehlbildung Embryo

HIV durch Bluttransfusion

HIV-Übertragung durch Arzt

HIV auf öffentlicher Toilette

Auf gebrauchte Nadel getreten

Wie fühlt sich Ersticken an?

Wie fühlt sich Ertrinken an?

Flugzeugabsturz überleben

Schlimmster Flugzeugabsturz Anzahl Tote

Terrorangriff Flugzeug 9/11

Chlamydien Symptome

Chlamydien Unfruchtbarkeit

HIV-Symptome

HIV durch Oralsex

HIV Wunde im Mund

ALS Symptome

Blutvergiftung Symptome

Schmerzen oben in der Lunge

Blutgerinnsel in der Lunge

Die Wörter hören gar nicht mehr auf. Der Browserverlauf reicht mehrere Monate zurück, und ich sehe, dass Cecilie immer wieder dasselbe sucht: Krankheiten, Tod, Unfälle, Krankheiten, Tod, Unfälle. Mir wird bewusst, dass sie auf diese Wörter starrt, wenn ich nicht bei ihr bin. Mit diesen Wörtern füttert sie ihr Hirn Nacht für Nacht.

Wir tun so viel für sie, und dann liegt sie jede Nacht da und guckt sich diesen Scheiß an, untergräbt alles, was wir ihr erzählen, schwelgt im Tod, in Krankheit und Schmerzen, um noch mehr Angst zu empfinden, noch mehr Panik.

Ich knalle den Laptopdeckel zu und schiebe den Computer zurück unters Bett.

Ergebe mich in mein Schicksal, zu warten, bis meine Familie nach Hause kommt.

28

Erst gegen vier rollt das Auto in die Einfahrt. Sie steigen aus. Cecilie bewegt sich mit langsamen, schlafwandlerischen Schritten. Mama hat den Arm um ihre Taille gelegt, stützt sie, als hätte meine Schwester sich ein Bein gebrochen oder den Fuß verstaucht.

Wenn wir eine normale Familie wären, hätten wir uns jetzt zusammengesetzt und einen Nachmittagskaffee getrunken, während sie mich gefragt hätten, wie Kristoffers letzte Prüfung war. Und ich hätte ihnen erzählt, wie glücklich er war, hätte ihnen erzählt, dass wir Kaiserhummer gegessen haben, und von den Pfannkuchen, die wir heute Morgen gebacken haben.

Aber alles, was ich erlebe, behalte ich wie üblich für mich.

Ich gehe zurück in mein Zimmer, als meine Eltern die Haustür aufschließen. Ich höre, wie sie über den Flur gehen, in Cecilies Zimmer, wo sie die Tür hinter sich zuziehen. Murmelnde, leise Stimmen. Etwas, das wie apathisches Weinen klingt. Erst zwanzig Minuten später kommen meine Eltern wieder aus dem Zimmer. Ich horche noch immer an der Tür.

Papa sagt, er muss noch mal zur Arbeit und ein paar Stunden aufholen.

Mama sagt nichts.

Kurz darauf fällt die Haustür ins Schloss, das Auto in der Einfahrt springt an. Ich komme aus meinem Zimmer. Finde Mama draußen auf der Terrasse. Sie sitzt da, hat die Beine auf einen der Gartenstühle gelegt, starrt mit reglosem Blick auf die Blumentöpfe.

»Mama?«

Beim Klang meiner Stimme zuckt sie zusammen.

»Was ist mit Cecilie?«

Sie nimmt einen tiefen Atemzug. »Ähm, tja ... es war einfach eine richtig, richtig schlechte Nacht. Und heute Morgen stand Cecilie völlig neben sich. Sie ... Papa musste sie ins Auto tragen, weil ...«

»Sie *tragen*?«

Ich sehe es vor mir: mein Vater, der den Gartenweg entlanggeht und meine Schwester wie ein Baby trägt, der sie auf dem Rücksitz platziert, den Gurt um ihren Bauch schließt. Meine Mutter, die Cecilies Wange streichelt, beruhigend auf sie einflüstert. Und ich weiß, ich sollte Sorge oder Zuneigung empfinden, aber stattdessen fühle ich mich, als könnte ich jeden Moment explodieren.

»Jetzt wird alles besser«, sagt Mama und sieht aus, als hoffte sie, dass irgendwer aus der Hecke springt und ihr zustimmt. »Die Ärztin, mit der wir gesprochen haben, hat einen guten Eindruck gemacht. Cecilie hat eine Überweisung zum Psychiater bekommen, wo sie ordentlich durchgecheckt wird, und dann bekommt sie sofort ein Medikament, das gegen die Angstsymptome hilft.«

Ich bin sicher, dass mein Vater jetzt noch missmutiger und enttäuschter ist als vorher. Ich bin sicher, dass das hier heißt, dass wir noch mehr Rücksicht auf meine Schwester nehmen müssen. Und was, wenn sie diese Nebenwirkungen bekommt, von denen Papa immer faselt? Wenn sie zwanzig Kilo zunimmt oder eine Depression von den Medikamenten kriegt? Oder was, wenn sie nicht zum Psychiater will? Wollen sie sie dann einfach weiter herumtragen wie ein kleines Kind?

Mama wirft mir ein mattes Lächeln zu. »Cecilie hat es super gemacht, nachdem wir erst mal da waren. Sie hat dem Arzt von ihren Gedanken erzählt. Sie war absolut ehrlich.«

Ich sage: »Ja, das ist gut.«

Meine Mutter merkt gar nichts, spricht einfach weiter: »Cecilie hat auch erzählt, dass sie mit dem Gedanken spielt, die Prüfungen ganz ausfallen zu lassen und die komplette 13. Klasse zu wiederholen. Darüber haben wir natürlich noch nicht in Ruhe gesprochen. Aber vielleicht wäre das tatsächlich das Beste. Sie hat ja eine ganze Menge Unterricht verpasst. Vielleicht könnte es ein Neustart für sie werden, wenn sie wiederholt.«

Noch ein Jahr mit Nachrichten aus der Toilette.

Noch ein Jahr, in dem ich morgens früher losfahren muss, weil meine Schwester ihre Beine nicht im selben Tempo bewegen kann wie alle anderen.

Noch ein Jahr, in dem ich sie aufmuntere, unterstütze, ihr helfe.

»Ich finde tatsächlich, dass es ein Zeichen von Reife ist, dass sie es selber einsieht. Papa ist natürlich anderer Meinung.« Mama wedelt mit den Händen durch die Luft, als summte eine nervige Fliege um sie herum. »Aber das ist nichts, was wir jetzt diskutieren müssen. Jetzt müssen wir uns erst einmal darauf konzentrieren, für Cecilie da zu sein.«

Meine Schwester verschläft den Tag. Papa kriegt es auf die Reihe, nach Hause zu kommen, wir kriegen es auf die Reihe, zu dritt in der Küche zu sitzen und Kartoffelsalat mit gebratenen Würstchen zu essen, und Cecilie schläft immer noch.

Mein Vater schaufelt das Essen in sich hinein.

Das Besteck meiner Mutter liegt am Tellerrand. Sie isst nichts, aber sie sagt auch nichts; keine Kommentare zum Wetter oder zur Temperatur des Badesees. Es fällt mir schwer, das Essen runterzubekommen. Die aufgeplatzten Wurststummel auf meinem Teller rollen durch den Ketchup und die Mayonnaise vom Kartoffelsalat.

Nach fünf Minuten steht mein Vater auf. »So! Ich glaube, ich geh 'ne Runde laufen. Kommst du mit, Astrid?«

Es klingt nicht wie ein freundliches Angebot. Eher so, als befänden wir uns in einer Schlacht, und jetzt zeigte sich, ob wir zusammenhalten.

»Nein danke.«

»Nein?!? Tja, dann geh ich halt allein.« Mit großem Gepolter stellt er seinen Teller ins Spülbecken, geht aus der Küche, kommt zwei Minuten später in Laufklamotten zurück und verschwindet aus der Haustür.

Mama stützt den Kopf in beide Hände und schaut mehrere Sekunden lang auf ihren Teller, bevor sie den Kopf hebt, mir ein angestrengtes Lächeln zuwirft und ihr Wasserglas leert. »Würstchen, die nicht gegrillt sind, schmecken nur halb so gut, was?«, sagt sie.

Ich denke kurz daran, Jonas eine Nachricht zu schicken: **MEINE FAMILIE IST ENDGÜLTIG DURCHGEDREHT.** Aber leider schicken wir uns solche Nachrichten längst nicht mehr.

Erst um halb neun schaffe ich es, mich aufzuraffen und in Cecilies Zimmer zu gehen. Ein Teil von mir hofft, dass sie immer noch schläft. Dass die Badezimmertür, die ich vor zwanzig Minuten gehört habe, bloß bedeutet, dass sie kurz auf dem Klo war und dann wieder eingeschlafen ist.

Aber sie ist hellwach, ist sogar aufgestanden und steht vor dem Spiegel, wo sie ihre Haare in langsamen Strichen mit einer rosa Bürste bürstet.

Es ist so überraschend, sie außerhalb des Betts zu sehen, dass ich für einen Augenblick den Eindruck habe, sie wäre gar nicht mehr meine Schwester.

»Hallo«, sage ich.

Sie antwortet nicht. Zieht nur weiter die Bürste durch ihre Haare.

»Es tut mir leid, zu hören, dass du … dass das passiert ist, was gestern passiert ist. Also, was heute Morgen passiert ist. Mama hat mir alles erzählt.«

Cecilie sagt immer noch nichts. Ihre Haare knistern unter den Bürstenstrichen.

Ich hole tief Luft. »Ich hoffe, es war …«

»Ich will nicht drüber reden.«

Ich setze mich aufs Bett. Knibble an einem kleinen Loch im Laken, weite es mit dem Finger. »Mama sagt, du überlegst, das Schuljahr zu wiederholen?«

»Ich hab mich noch nicht entschieden.«

»Aber du kannst dir vorstellen, ein komplettes zusätzliches Jahr zur Schule zu gehen?«

»Keine Ahnung.« Cecilie bürstet jetzt energischer. *Ratsch-ratsch-ratsch* macht es, wenn die Bürstennoppen ihre Kopfhaut berühren.

»Was willst du denn?«, frage ich.

»Das muss ich noch herausfinden. Es gibt verschiedene Möglichkeiten.«

Es ist völlig absurd, ein Wort wie ›Möglichkeiten‹ aus dem Mund meiner Schwester zu hören.

»Aber glaubst du denn, dass du das alles noch ein Jahr durchhältst?«, frage ich. »Glaubst du, dass es dadurch besser wird?«

»Ja.«

»Okay.« Einen Moment lang sitze ich nur da und gucke sie an. Dann sage ich: »Ich frag das nur, weil ich nicht daran glaube.«

Ihre Lippen ziehen sich zusammen. Eigentlich sind es nicht nur ihre Lippen, ihr ganzes Gesicht, das ich im Spiegel anstarre, zieht sich zusammen.

»Tja, dann danke für deine Meinung«, sagt sie.

»Ich versuch bloß, dir zu helfen.«

Cecilie bürstet noch fester, noch schneller. Feine, helle Haare wirbeln durch die Luft und sinken zu Boden.

Ich sage: »Wenn irgendwas zwischen uns nicht okay ist, musst du mir das sagen. Statt nur dazustehen und sauer auszusehen.«

Sie bürstet weiter, sieht immer noch sauer aus.

Ich stehe auf. »Wirklich, ich bin nur zu dir gekommen, um nett zu sein.«

Ihr Spiegelbild verzieht hämisch den Mund. »Na, danke auch. Ich gebe mir *Mühe*, ich *kämpfe*, aber klar, du musst mir erzählen, dass ich es nicht packe.«

Mein Herz fängt an, doppelt so schnell zu schlagen wie normal. Mein ganzer Körper ist angespannt und warm und bereit.

»Ernsthaft jetzt?«, frage ich. »Du schaffst es ja nicht mal, auf deinen eigenen Beinen zu gehen, aber ich soll dir glauben, dass du das ganze Jahr wiederholen kannst?«

»Fuck, bist du gemein.« Tränen steigen ihr in die Augen. »Glaubst du etwa, ich hab mir das ausgesucht? Dass es mir so geht?«

»Das weiß ich nicht«, sage ich, während ich an die Dinge denke, die sie nachts bei Google eingibt. »Aber du könntest wenigstens versuchen, was dran zu ändern. *Versuchen,* zu deinen Therapiestunden zu gehen, *versuchen,* die Prüfungen zu machen. Denk doch mal einen positiven Gedanken! Du versuchst es ja nicht mal! Was ist denn das Schlimmste, was passieren kann? Dass du durchfällst? Na und? Jede Menge Leute fallen durch, aber das ist nicht das Ende der Welt. *Alle* müssen durch irgendwelchen Scheiß durch.«

Cecilie steht ganz still da, wie versteinert. Erst glaube ich, sie will meine Worte zu Tode schweigen. Aber dann dreht sie sich zu mir, feuerrot im Gesicht. »Es muss großartig sein, so perfekt zu sein wie du. Immer das Richtige zu tun. Mama und Papa immer glücklich zu machen.«

Die Wut sucht sich ihren Weg bis nach unten in meinen Bauch, und es fühlt sich an, als würde sie nie wieder verschwinden. »*Ich* habe also ein perfektes Leben?!? Glaubst du wirklich, ich steh drauf, ständig deine Nachhilfelehrerin zu spielen?«

»Raus!«, ruft sie. »Raus aus meinem Zimmer!«

Ich gehe zur Tür, aber als ich schon fast raus bin, trifft mich etwas im Nacken. Ein überraschender, stechender Schmerz. Als ich mich umdrehe, liegt die rosa Haarbürste vor mir auf dem Boden. Dann schaue ich auf, und mein Blick trifft Cecilies. Tränen laufen ihr über die Wangen. Ihr Gesicht ist völlig verzerrt.

»Ich hasse mein Leben!«, schreit sie. »Ich hasse mich!«

Ich fasse mir an den Nacken. Auch wenn meine Schwester jetzt wie ein kleines Kind wirkt, bin ich immer noch wütend.

»Ich kann dir nicht helfen«, sage ich.

Ihre Unterlippe bebt. Einen Moment lang tut sie mir leid, dann mache ich mich wieder hart.

»Bleib hier«, sagt sie. »Bitte. Du sollst bei mir bleiben.« Sie streckt mir die Arme entgegen.

Bei diesem Anblick zieht sich alles in mir zusammen.

»Du erträgst es einfach nicht, dass ich dabei bin, mir ein eigenes Leben aufzubauen«, sage ich. »Ist es nicht so? Du bist sauer, weil ich keinen Bock mehr hab, Tag für Tag mit dir hier rumzuhängen und Filme zu gucken.«

»Nein.« Sie schüttelt den Kopf mehrere Male hintereinander. »Du bist der einzige Mensch auf der ganzen Welt, der mich versteht. Du bist die Einzige, die mir zeigt, dass ich okay bin. Und es fühlt sich an, als würde ich dich verlieren.«

»Aber ich will auch glücklich sein! Ich will mit Kristoffer zusammen sein, ich will mit meinen Freunden verreisen, ich kann nicht *ständig* hier bei dir sein. Verstehst du das nicht?!?«

Wir stehen beide da und ringen nach Atem.

»Du darfst nicht mit ihm zusammen sein«, sagt sie schließlich.

»Hör auf.«

»Du wirst es bereuen.«

Es liegt eine Verzweiflung in ihrer Stimme, die mein Herz schneller schlagen lässt.

»Nein, das werde ich nicht!«

»Doch«, sagt sie. »Irgendwie wird er dich verletzen. Er betrügt dich. Oder er zieht weg. Was will er eigentlich nach der Schule machen?«

»Halt deinen Mund!«, sage ich. »Halt einfach deine verdammte scheiß Klappe!«

Nichts an diesem Haus halte ich auch nur eine Sekunde länger aus. Weder meine Mutter noch meinen Vater oder meine Schwester. Es fühlt sich an, als hätten sie alle eine Krankheit und jetzt haben sie mich auch noch angesteckt.

Ich laufe aus Cecilies Zimmer. Mama steht im Flur, sicher

hat sie an der Tür gelauscht. Sie versucht, mich am Arm festzuhalten, fragt: »Was ist los, Astrid?«

Aber ich schlage ihren Arm zur Seite, laufe in die Küche, in den Garten, weg.

29

Während ich durch die Straßen gehe, zittere ich am ganzen Körper. Ich ziehe das Handy aus der Tasche und rufe Kristoffer an. Ich muss seine Stimme hören.

Er nimmt nicht ab.

Ich lege auf, bevor die Mailbox rangeht, dann versuche ich es erneut. Aber er meldet sich immer noch nicht. Mein Herz hämmert, mein Mund ist trocken, und ich halte diesen Zustand keine zwei Sekunden länger aus. Ich schreibe Kristoffer eine Nachricht: **BITTE RUF MICH AN!**

Und noch eine: **ICH BRAUCH JEMANDEN ZUM REDEN!**

Mama versucht mich mehrere Male zu erreichen, aber ich drücke ihre Anrufe immer gleich weg, für den Fall, dass Kristoffer genau in diesem Moment anruft. Ich stelle mir vor, dass er sagt, ich soll kommen, sobald er meine Nachrichten liest. Dass er auf der Straße vor seinem Haus auf mich wartet, dass er die Party verlässt, mich in den Arm nimmt und wir die restliche Nacht über reden.

Aber natürlich muss ich warten, bis er sich meldet.

Ich gehe in Richtung seines Hauses. Zwei Straßen entfernt setze ich mich auf die Bordsteinkante und warte. Man kann die Party bis hierhin hören. Ein konstanter, hämmernder Bass. Mein Telefon bleibt stumm.

Ich schreibe Jonas: **ICH BRAUCHE GERADE WIRKLICH JEMANDEN ZUM REDEN.**

Er antwortet nicht. Vielleicht schläft er schon.

Ich warte beinahe zwanzig Minuten, aber Kristoffer antwortet immer noch nicht. Also warte ich noch zehn Minuten, und jetzt ist es schon fast eine Stunde her, dass ich zum ersten Mal versucht habe, ihn anzurufen.

Als ich aufstehe, ist klar, dass ich nicht vorhabe, nach Hause zu gehen.

Vor Kristoffers Haus stehen zwei Mädchen im Minirock und rauchen. Ich kenne sie nicht. Sie ignorieren mich, als ich vorbeigehe. Drinnen ist die Musik so laut, dass sie in den Ohren dröhnt. Ich drängle mich zwischen tausend Leuten durch Garten und Wohnzimmer, aber Kristoffer finde ich nicht. Das hier ist jedenfalls keine Party nur für Kristoffers Klasse, hier sind viel mehr als dreißig Leute, mindestens doppelt so viele. Auf dem Weg aus der Küche stoße ich mit Fillip zusammen.

»He-e-ey!«, ruft er und umarmt mich halb, halb rempelt er mich mit der Schulter an. »Du bist doch gekommen?«

»Weißt du, wo Kristoffer steckt?«

Er kommt mit dem Mund nah an mein Ohr heran, trotzdem schreit er: »Er ist mit Liv oben und bespricht irgendwas Wichtiges!«

»Liv?«, brülle ich zurück. »Wer ist Liv?«

»Ein Mädchen, das gerade übelst von ihrem Freund abserviert wurde!« Er grinst, als ob daran irgendwas witzig wäre. »Was möchtest du trinken? Whisky-Cola? Shots?«

Ich antworte nicht, bin schon auf dem Weg nach oben, aber Fillip packt mich am Arm: »Hey! Du solltest sie jetzt nicht stören.«

Mit einem Ruck reiße ich mich los, bahne mir einen Weg zur Treppe. Auf dem mittleren Treppenabsatz sitzt ein knutschendes Pärchen, ich zwänge mich an ihnen vorbei. Kristoffers Zimmertür ist geschlossen. Ich überlege kurz, anzuklopfen, aber dann reiße ich die Tür einfach auf.

Er sitzt auf seinem Bett. Neben ihm sitzt das Mädchen, das Liv sein muss, aber wenn sie wirklich bloß eine unglückliche Liebeskummergeplagte ist, verstehe ich nicht, warum sie ein Kleid trägt, das es unmöglich macht, sich auf irgendwas anderes als auf ihre großen, zusammengepressten Brüste zu konzentrieren.

»Astrid?«

Es ist der überrumpelte Ausdruck auf seinem Gesicht, mit dem ich nicht gerechnet habe. Die Angst, ihn zu verlieren, schnürt mir die Kehle zu.

»Was machst du hier?« Kristoffer steht auf.

»Ich hab dich angerufen.« Meine Stimme bricht beinahe. »Und geschrieben hab ich dir auch.«

Er kommt mir entgegen. Ein fremder Gestank nach Alkohol und Rauch trifft mich.

»Das hab ich nicht mitbekommen«, sagt er. »Was ist los?«

»Können wir reden? Allein?«

»Ja … okay …« Jetzt wendet er sich an das pseudo-unglückliche Mädchen auf dem Bett, sagt: »Ich bin gleich zurück.«

Ich ertrage nicht noch mehr Demütigung, indem ich ihre Antwort abwarte. Stattdessen drehe ich Kristoffer den Rücken zu, renne die Treppe hinunter, hätte beinah das ekelhafte Pärchen getreten, fast zwei Mädchen vor dem Haus, die uns argwöhnisch anglotzen, den Stinkefinger gezeigt.

»Was machst du hier?«, wiederholt Kristoffer, als wir draußen auf dem Bürgersteig stehen, an einer Stelle, wo uns keine Straßenlaterne beleuchtet, aber der Mond trotzdem Kristoffers Gesicht zeigt.

»Ich musste dich unbedingt sehen«, sage ich.

Er umarmt mich nicht, steht mir nur mit hängenden Armen gegenüber, als hätte er vergessen, wozu er die normalerweise benutzt, wenn wir uns sehen.

Ich hole tief Luft. »Meine Eltern sind heute Morgen mit Cecilie in die Psychiatrie gefahren, und gerade hatten wir einen Megastreit, also, Cecilie und ich, und ich hab … also, ich hab ein paar Sachen gesagt, die … also, Sachen, die man nicht …«

»Psychiatrie, was? Mach mal langsam.«

Ich starre ihn an. Er schwankt ein bisschen.

»Sorry«, sagt er. »Du hast bloß sehr schnell geredet. Du benutzt viele Wörter, oder?« Und dann grinst er schief, als wär das alles nur ein Joke für ihn.

Plötzlich bin ich mir sicher, dass Cecilie die ganze Zeit

über recht hatte. Mag sein, dass Kristoffer attraktiv ist und behauptet, er würde einen glücklich machen, aber eigentlich ist er bloß ein oberflächlicher Penner.

»Warum sind hier so viele Leute?«, frage ich. »Hast du nicht gesagt, es ist eine Party für deine *Klasse*?«

Er zuckt mit den Schultern. »Die Leute bringen Freunde mit, das ist halt so.«

»Und warum habt ihr ganz allein in deinem Zimmer gesessen? Du und diese ...« Ich muss mich wirklich zusammenreißen, um sie nicht irgendwas richtig Schlimmes zu nennen. »... und dieses *Mädchen*?«

»Bist du hier, um mich zu kontrollieren?« Plötzlich klingt er wütend. Dann ändert er seinen Tonfall: »Das ist Liv.«

»Hat sie keine Freundinnen, die sie trösten können, wenn sie traurig ist?«

»Ich bin ihr Freund«, sagt er. »Warst das nicht du, die mir einen Vortrag darüber gehalten hat, dass Männer und Frauen problemlos Freunde sein können?«

»Du bist also nie mit ihr im Bett gewesen? Ihr seid *nur* Freunde?«

»Ja«, sagt er. »Oder nein. Was willst du hören, damit du nicht sauer wirst?«

»Die Wahrheit.«

»Also ja. Ich meine, nein. Was hast du noch mal gefragt?« Er hält sich mit einer Hand am Laternenpfahl fest, lehnt sich dagegen, verliert beinahe das Gleichgewicht, aber balanciert sich wieder aus.

»Wie betrunken *bist* du?«, frage ich.

»Voll zerstört«, antwortet er.

»Ist schon geil, sturzbesoffen zu sein und ohne Hirn rumzustolpern, was?«

»Öh, ja.« Er grinst wieder dieses idiotische Grinsen. »Ich bin mit meinen Freunden zusammen, ich habe eine Flasche Tequila geleert, und ja, das ist wirklich ziemlich geil.« Er macht einen Schritt auf mich zu, versucht endlich, den Arm um meine Taille zu legen, aber jetzt ist es zu spät. Ich schiebe ihn weg.

»Du *stinkst*. Warum hast du mir nicht gesagt, dass du Partyraucher bist?«

»Warum hast du mir nicht gesagt, dass du so mega-langweilig bist?«

»Ich ertrag das hier nicht«, sage ich. »Geh ruhig zurück auf deine Party.«

»Vielen Dank.«

Den sarkastischen Tonfall in seiner Stimme kann ich nicht ignorieren. »Und geh ruhig hoch und hab Sex mit einer anderen, wenn es das ist, was du willst. Ist mir egal.«

Als ich mich umdrehe, hält er mich an der Schulter fest. »Verdammte Scheiße, was ist denn los?!?«

»Ich ertrag's bloß nicht, wenn du mich lächerlich machst.«

»Was? Darf ich nicht mal mehr mit anderen Mädchen reden?«

»Ich ertrag's bloß nicht, wenn du dich besäufst und dann mit einer anderen rummachst.«

»Hör jetzt auf«, sagt er. »Ich steh auf dich und auf niemanden sonst. Und das hab ich dir schon ziemlich oft gesagt. Astrid. Verfickt noch mal!« Seine Stimme wird weicher. Klingt wieder mehr nach ihm. »Aber du kannst nicht einfach hierherkommen und ... ich schmeiß gerade eine Party, okay?« Er lässt meinen Arm los. »Können wir nicht morgen weiterreden?«

»Das weiß ich nicht.«

Ein Teil von mir würde am liebsten zu flennen anfangen, sich an ihn klammern und ihn anflehen, mir zu versprechen, dass das mit uns für die Ewigkeit ist und uns nichts jemals trennen kann. Aber natürlich weiß ich, dass das nichts ist, was irgendwer versprechen kann – schon gar nicht nach so kurzer Zeit. Deshalb versuche ich, mich hart zu machen, innerlich und äußerlich. Sein Blick untersucht mein Gesicht. Ich spüre, wie seine Augen über mich gleiten, auf der Suche nach einem Riss oder einem Sprung. Schließlich versteht er, dass es keinen gibt.

»Also, was jetzt?« Er fuchtelt mit den Armen.

Ich sage: »Vielleicht sind wir beide viel zu verschieden.«

»Tja, du bist doch so verdammt unvoreingenommen.« Kristoffer schnaubt. »Du weißt natürlich genau, was ich für ein Typ bin.«

»Das ist nicht das, was ich sagen will«, sage ich. »Du bist nur ... ich dachte, du könntest mich glücklich machen, aber das kannst du offenbar nicht.«

Einen Moment lang bin ich mir sicher, dass es das war.

Dass er sich umdrehen und zum Haus zurückgehen wird.

Dann sagt er: »Halt den Mund. Mann, ist das lächerlich. Du gibst mir *so* viel von dir.« Er deutet einen winzigen Abstand zwischen Daumen und Zeigefinger an. »Mit dem bisschen muss ich klarkommen, aber ich soll geben und noch mehr geben und dir erzählen, wie sehr ich dich will. Ist es nicht so?!?«

Sein Brustkorb hebt und senkt sich in schnellem Tempo. Seine Augen sind weit aufgerissen.

Ich mache einen Schritt zurück, weg von ihm.

»Das hier war offensichtlich ein Fehler, von Anfang an«, sage ich. »Ein Riesenfehler.«

Das ist das Letzte, was ich zu ihm sage. Dann drehe ich mich um und gehe. Vorbei an all den kleinen, gleichförmigen Reihenhäusern. An den Einfahrten vorbei, in denen schlafende Autos stehen. Ich sehe einen Spaziergänger mit Hund, aber ansonsten sind die Straßen völlig leer. Kein Kristoffer läuft mir hinterher. Niemand ruft mich an.

Ich laufe einfach nur durch diese Straßen, während ich heule.

30

Dreimal hintereinander wähle ich Jonas' Nummer, aber er geht nicht ran. Dann rufe ich Veronica an.

»Hallo?« Sie klingt, als wäre ihre Nase verstopft, als hätte sie geschlafen.

»Ist Jonas bei dir?«

»Was?«

»Ich bin's, Astrid!«, sage ich, rufe ich. »Ist Jonas da?«

»Jonas ist nicht hier … Weinst du?«

»Nein!«

»Du kannst gern zu mir kommen«, sagt sie ganz sanft. »Also, wenn's dir schlecht geht.«

Es ist merkwürdig, dass ich ihr Angebot annehme. Komisch, dass meine Beine einen Weg nehmen, den sie vorher noch nie genommen haben.

Veronica lässt mich durch die Waschküche rein, erklärt, dass ihre Eltern und ihre kleinen Brüder schlafen, und wir gehen leise nach oben. Schließen die Tür hinter uns. Ich auf einem Sitzsack, auf dem mein Körper in sich zusammensackt, Veronica in ihrem geblümten Pyjama auf dem Bett. Die Wände sind grün gestrichen. Es riecht nach Lavendel, ein Duft, der mich irgendwie an ein Ferienhaus erinnert.

Ich versuche, ihr zu erzählen, was passiert ist. Lasse aus, was zu Hause los war, springe gleich zur Party, zu dem Gespräch mit Kristoffer.

»Und jetzt hat er bestimmt die Nacht mit einer anderen verbracht«, schließe ich. »Jeder hasst es, für was beschuldigt zu werden, was er nicht getan hat. Also macht er es erst recht.«

»Auf gar keinen Fall hat er das getan.« Veronica kann so was so überzeugend sagen, dass man ihr glaubt. »Warum vertraust du ihm nicht?«

»Ich fürchte bloß, dass er nicht der Mensch ist, für den ich ihn gehalten habe.«

»Meinst du nicht, dass alle mit etwas falschen Bildern voneinander rumlaufen?« Ihre Wangen werden ein winziges bisschen rot. »Aber wenn du ihn magst, wäre es dumm, nicht an das Gute in ihm zu glauben.«

Ihre Worte machen, dass ich meine Arme und Beine an mich ziehe, in einem Versuch, im Sitzsack zu verschwinden.

»Gerade ist einfach alles scheiße«, sage ich.

Sie schweigt einen Moment. »Jonas sagt, dass du zu Hause ziemlich unter Druck stehst ...«

»Was hat er dir erzählt?«

»Nur, dass deine Schwester krank ist. War es eine Angststörung?«

Ich kann Veronica ansehen, dass sie ganz genau weiß, dass es eine Angststörung ist, und dass Jonas das nicht bloß ein einziges Mal beiläufig erwähnt hat, sondern dass er sich wahrscheinlich vom ersten Tag an ständig über mich und mein Verhältnis zu Cecilie ausgelassen hat. So, wie ich meinen besten Freund kenne, wird kaum ein Tag vergangen sein, an dem er nicht darüber gestöhnt hat.

»Eine psychische Krankheit ist was anderes als ein gebrochenes Bein«, sage ich. »Klar weiß ich, dass man nicht daran stirbt. Aber es ist eben auch kein gebrochenes Bein.«

»Was habt ihr denn schon versucht, um ihr zu helfen?«

»Alles, wir tun echt alles!«

»Alles?« Veronica rückt ihre Brille zurecht. »Das hört sich ziemlich krass an.«

»Aber sie *will* nicht gesund werden«, sage ich. »Ständig googelt sie all das Zeug, das ihr Angst macht. HIV und Krebs und so. Ist das nicht Wahnsinn?«

»Doch«, sagt Veronica. »Das ist ziemlicher Wahnsinn. Aber ist es nicht genau deshalb eine Krankheit?«

Jetzt, wo sie das sagt, ergibt es beinahe Sinn.

»Das war einfach der beschissenste Scheißmonat in meinem ganzen Leben!« Ich denke an Kristoffer und berichtige mich: »Jedenfalls fast. Und ich hab ständig Bauchweh. Und meine Eltern wissen nicht, wie's mir geht, oder vielleicht ist es ihnen auch einfach egal. So wie Jonas.«

»Vielleicht solltest du das mal laut zu deiner Familie sagen«, schlägt Veronica vor und ignoriert den Fakt, dass Jonas ein Teil des Problems ist. »Damit sie erfahren, wie es dir geht.«

»Es ist einfach nicht meine Art, mich zu beschweren«, sage ich.

»Zu erzählen, wie es einem geht, ist ja wohl keine Beschwerde! Also, wenn ich deine Mutter oder dein Vater wär, würde ich gerne wissen, wie du dich fühlst.«

»Du kennst meine Familie nicht. Mein Vater ist völlig ...«

Veronica unterbricht mich: »Manchmal sollte man anderen die Chance geben, sich von ihrer besten Seite zu zeigen.«

Das bringt mich für eine Weile zum Schweigen.

»Anfangs konnte ich dich nicht leiden«, sage ich dann. »Wahrscheinlich war ich einfach nur neidisch auf dich.«

»An mir gibt's nicht besonders viel, worauf man neidisch sein könnte«, sagt sie. »Ich bin ziemlich durchschnittlich.«

»Als du neu an unsere Schule gekommen bist, hab ich Jonas dazu überredet, dich ›Veronicaraptor‹ zu nennen. Nur um gemein zu sein.«

Ein paar lange Sekunden schaut sie mir in die Augen, ohne zu blinzeln. Es ist schwer zu sagen, was sie denkt. Vielleicht findet sie, dass ich eine totale Bitch bin.

»Jonas und du, seid ihr eigentlich dabei, ein Paar zu werden?«, frage ich.

»Nee ... Wir lassen es ruhig und gemütlich angehen.« Das klingt mir ziemlich nach einer entspannten Veronica-Version von ›Ja, bis der Tod uns scheidet‹.

»Ihr dürft mich nicht vergessen.«

Sie sagt: »Ich glaube, es ist eher Jonas, der das Gefühl hat, du hättest ihn vergessen.«

»Echt jetzt?!? Er lässt sich tausend Jahre Zeit, mir zu antworten. Mir kommt es vor, als wäre ich ihm völlig egal.«

»Hm«, sagt sie und beißt sich auf die Unterlippe.

»Was?«

Ich kann ihr ansehen, dass Jonas etwas über mich gesagt hat, das sie nicht weitererzählen will. »Manchmal habe ich den Eindruck, dass es bei ihm so ankommt, als wolltest du ihn nur sehen, wenn es dir gerade passt. Wenn *du* ein Problem hast.« Sie sieht mich unter halb geschlossenen Lidern an. »Ich glaube, er vermisst, dass du ihm zeigst, dass du auch für ihn da bist.«

»Natürlich bin ich für ihn da.«

»Okay, aber … du hattest zum Beispiel vor lauter Lernen keine Zeit, zu seiner Prüfung zu kommen. Und du hast den Todestag seines Vaters vergessen. Letzte Woche.«

»Fuck.«

Gleich am ersten Tag, als wir uns kennengelernt haben, hat Jonas erzählt, dass sein Vater vor fünf Jahren bei einem Fußball-Freundschaftsspiel gegen die Nachbarstadt gestorben ist. In einem Augenblick rannte er noch herum und trat nach dem Ball und brüllte irgendwas zu den Gegnern rüber, und im nächsten fiel er plötzlich mit Herzstillstand um. Er war sofort tot. Jonas hat mir auch erzählt, dass seine Mutter, seine Brüder und er jedes Jahr am zwanzigsten Juni zum Friedhof gehen und das Grab mit Blumen und solchen Anglerhüten überschütten, wie sie sein Vater im Sommer immer getragen hat. Schon vor Ewigkeiten hab ich mir das Datum fett im Kalender markiert und wollte Jonas umarmen und ihm einen Anglerhut mitgeben. Stattdessen hab ich es völlig vergessen.

»Vielleicht wäre es gut, wenn du bald was dazu sagen

könntest«, fährt Veronica fort. »Also, damit das keine große Sache zwischen euch wird.«

»Danke. Das mach ich.«

Veronica schaut sich im Zimmer um, als schätzte sie das bisschen Platz zwischen dem Bett, dem Sitzsack und dem kleinen Schreibtisch ein.

»Soll ich mal die Gästematratze holen?«

Als wir in der Dunkelheit liegen und ich schon denke, dass sie eingeschlafen ist, sagt sie plötzlich: »Um noch mal auf Kristoffer zurückzukommen: Ich finde, du solltest ihn morgen einfach anrufen und sagen, dass es dir leidtut. Frag ihn, ob ihr wieder Freunde sein könnt. Oder was immer ihr seid.«

»Schöne Idee«, sage ich. »Aber so was mit ’ner zweiten Chance funktioniert nur in romantischen Filmen. Sorry, aber so ist die Realität nicht. Jedenfalls nicht, wenn man sich erst so kurz kennt wie wir.«

Sie sagt: »Du hast ja wohl selber Einfluss auf die Realität.«

Am nächsten Morgen werde ich schon um halb sechs davon wach, dass das erste Licht durchs Fenster ins Zimmer fällt. Sobald ich kapiere, wo ich bin, könnte ich schon wieder heulen.

Meine Mutter hat noch mehrmals angerufen und mir im Laufe des Abends und der Nacht einige Nachrichten geschickt:

RUFST DU BITTE MAL ZURÜCK?

ICH SCHÄTZE, DU ÜBERNACHTEST BEI KRISTOFFER?

KANNST DU UNS BITTE MAL EIN LEBENSZEICHEN GEBEN?

Und dann hat sie um fünf Uhr morgens eine Nachricht geschickt, in der sie fragt, ob ich bis spätestens halb neun zu Hause sein kein, weil sie dann losmuss und Cecilie fast die ganze Nacht wach lag und nicht allein bleiben kann.

WENN DU ES EINRICHTEN KANNST, schreibt sie, gefolgt von einem Herz.

Mit einem nicht besonders eleganten Geräusch schlucke ich Rotz und Tränen runter.

»Bist du wach?« Veronica lugt über die Bettkante. Ohne die Brille wirken ihre Augen klein und maulwurfsartig. »Sollen wir noch ein bisschen weiterschlafen?«

»Ich glaube, ich muss nach Hause.«

»Jetzt?«, fragt sie. »Wollen wir nicht erst frühstücken?«

»Ich hab gerade nicht so viel Lust, deine Familie kennenzulernen. Also ... wenn das okay ist.«

Ich verlasse das Haus mit einer Klappstulle mit Käse drauf, die ich nicht essen werde. Aber ich hab es nicht übers Herz gebracht, Veronica zu sagen, dass ich Käse hasse, ganz besonders so einen krassen Schimmelkäse wie den, den sie mir sorgfältig aufs Brot gelegt hat.

»Bitte schön«, sagt sie. »Dann sehen wir uns morgen früh zum Wagenschmücken. Stimmt's?«

»Klar. Und danke.« Ich bleibe einen Moment zögernd in der Tür stehen. Der Gedanke an das Chaos, das auf mich wartet, sobald ich von hier aufbreche, entmutigt mich.

»Viel Glück mit allem.« Sie schubst mich sanft aus der Tür und schließt sie hinter mir.

31

Es gab einmal eine Zeit, als wir noch ganz klein waren, in der es sich so anfühlte, als wäre meine Schwester meine ganze Welt. Wenn ich sie beim Frühstück dabei beobachtete, wie sie sich den Schlaf aus den Augen rieb, erkannte ich ihre Bewegungen als meine eigenen. Und es gab Tage, von denen erinnere ich mich an nichts als meine große Schwester. Es gab nur Astrid und Cecilie, sonst brauchten wir niemanden, und jedes Mal, wenn ich mich umdrehte, war sie da.

Ich weiß nicht, warum nicht einfach alles so leicht bleiben kann, wie es als Kind war. Warum man aufwachen und feststellen muss, dass die Schwester, die alles konnte, nicht alles kann. Dass die eigene Familie doch nicht so stark ist, wie man dachte. Dass es Dinge gibt, die sich nicht reparieren lassen.

Wenn ich darüber nachdenke, was mit unserer Familie passiert ist, weiß ich nicht, ob alles irgendwann wieder gut werden kann. Dabei ist da nicht mal jemand, der im Sterben liegt. Aber ich will nicht länger diejenige sein, die versucht, alles zusammenzuhalten. Ich will mir nicht länger einbilden, ich könnte das allein lösen.

Das Haus schläft noch, als ich die Haustür aufschließe. Ich setze den Wasserkocher auf und starre aus dem Fenster. Als das Wasser kocht, höre ich das vertraute Knarren der Schlafzimmertür meiner Eltern. Kurz darauf steht Mama im Bademantel in der Küchentür.

»Ich dachte mir doch, ich hätte was gehört«, sagt sie. Zwischen ihren Augenbrauen bildet sich eine Falte. »Was war denn gestern los?«

Beim Gedanken daran, was ich meinen Eltern sagen muss, zieht sich mein Magen zusammen. Das Gespräch, das sich nicht vermeiden lässt.

»Schläft Papa noch?«

»Ich glaube schon.« Plötzlich wird sie blass. »Ist dir was passiert?«

»Nein, nein. Ich bin es nur leid.«

»Was bist du leid?«

»Ich will einfach glücklich sein.«

»Ja, aber natürlich sollst du glücklich sein!« Sie sieht verwirrt aus.

»Soll ich das?«

»Ja. Wir sollten alle glücklich sein.«

»Aber *keiner von uns* ist glücklich«, sage ich.

»Astrid …« Mama greift nach meiner Hand und drückt sie. »Ich weiß schon, dass es mit Cecilie gerade schwierig ist. Aber wir tun alles, was wir können, damit es ihr bald besser geht. Deine Schwester wird schon …«

»Guten Morgen!« Mein Vater taucht im Schlafanzug in der Küche auf. Er gähnt, kratzt sich am Bauch.

Ich fange an zu weinen. Erst als meine Mutter mich plötzlich im Arm hält, merke ich es.

»Das wird schon«, sagt sie mit dem Mund an meiner nassen Wange. »Cecilie wird wieder gesund werden.«

Der Fernseher geht an. Die Nachrichten dröhnen durch die Küche.

»Thomas.« Mama dreht sich zu ihm, während sie mich noch immer festhält.

»Ja, entschuldige, aber ich muss mal für wenigstens zwei Minuten an was anderes als an Probleme denken«, sagt er und lässt sich auf einen Stuhl fallen. »Ist der Kaffee schon fertig?«

In diesem Augenblick ist es so weit: Etwas in mir hat genug. Ich gehe zu ihm, reiße ihm die Fernbedienung aus der Hand und schalte den Fernseher aus. Papa starrt mich an, ernsthaft schockiert, dass es jemand wagt, einen Fernseher auszuschalten, den er angemacht hat.

Ich sage: »*Warum* willst du nicht hören, worüber ich mit Mama rede?«

»Astrid ...« Er seufzt tief.

Dieser Seufzer bringt alles in mir zum Einsturz.

»Erträgst du es nicht mal, mir zuzuhören?!? Jetzt, wo ich ein *einziges* Mal etwas zu sagen habe?!?«

Papa presst die Lippen aufeinander und starrt mich an.

»Es fühlt sich an, als ob ... als ob wir alle vier ...«

Mama versucht, mich wieder zu umarmen.

Ich schiebe sie weg. »Du sollst auch zuhören, Mama.«

Sie setzt sich auf einen Stuhl. Wechselt einen Blick mit meinem Vater.

»Wir können Cecilie nicht gesund machen«, sage ich. »Das geht einfach nicht. Und ich glaube, wir müssen aufhören, das so verbissen zu versuchen. Sie muss selbst etwas tun. Zusammen mit jemandem, der nicht zur Familie gehört. Vielleicht ist das mit dem Psychiater eine gute Idee. Und mit den Medikamenten.«

Keiner der beiden sagt etwas. Die Küchenuhr tickt laut. Ich bin kurz davor, den Mut zu verlieren, aber dann atme ich tief ein und spreche weiter: »Aber vielleicht können wir trotzdem irgendwas tun, damit es uns allen besser geht. Vielleicht können wir so was wie eine Familientherapie machen.«

Das ist etwas, worüber ich nachgedacht habe, als ich heute Nacht wach lag. Ob wir so was machen könnten wie das, wovon Jonas mir mal erzählt hat, dass sie es gemacht haben, als sie nach dem Tod des Vaters gar nicht wussten, wie sie noch eine Familie sein konnten.

Mein Vater räuspert sich. »Ja …«, sagt er und streicht sich so fest über das Kinn, dass seine Bartstoppeln knistern. »Teamwork klingt schon sinnvoll.«

»Findest du?« Ich schaue ihn an. »Meistens kommt es mir eher so vor, als würdest du uns nicht ertragen. Keinen von uns.«

»Natürlich ertrage ich euch. Ihr seid meine Familie, ich liebe euch! Aber ich habe auch die Verantwortung für eine Firma, Astrid. Ich kann nicht immer alles stehen und liegen lassen, nur weil zu Hause mal wieder Krise ist. Schon gar nicht, wenn *ständig* Krise ist.«

»Aber das ist deine Pflicht«, sage ich. »Uns auszuhalten.

Selbst wenn wir total durchgeknallt sind und du überhaupt nichts mehr kapierst.«

Einen Moment herrscht peinliche Stille. Als hätte ich etwas ausgesprochen, was man in unserer Familie nicht aussprechen darf.

»Das stimmt«, sagt mein Vater dann.

Mama hat immer noch nichts gesagt. Sie sitzt einfach nur still auf ihrem Stuhl.

»Tja, das müssen wir lösen.« Papa räuspert sich wieder. »Vielleicht müssen wir uns wirklich nach einer Art … Beratung umschauen.« Er schielt zu Mama.

»Das fühlt sich wie eine Bankrotterklärung an.« Ihre Stimme bebt, als sie endlich spricht. »Als ob wir keine Familie mehr wären.«

Ich finde immer noch, dass mein Vater meine Mutter in den Arm nehmen müsste.

Aber stattdessen gehe ich jetzt zu ihr und lege die Arme um sie.

32

Papa fährt um zehn nach acht. Mama um zwanzig vor neun. Sie fragt, ob es wirklich okay ist, dass ich allein bei Cecilie bleibe. Ich weiß nicht so recht, was die Alternative wäre, denn Mama wird am Ende noch gefeuert, wenn sie um noch mehr Homeoffice-Tage bittet.

»Es wird schon gehen«, sage ich. »Denk nicht weiter drüber nach.«

Sie sieht nicht so aus, als ob sie an viel anderes denken könnte. »Ich bin um halb vier zu Hause. Danke für das Gespräch.« Sie drückt kurz meinen Arm. »Ich finde, du bist ein tolles Mädchen.«

»Glaubst du, Papa findet das auch?« Mir entfährt ein kurzes, verlegenes Lachen.

»Ja«, sagt sie. »Wir waren uns immer schon einig, dass wir die zwei besten Mädchen der Welt haben.«

Kaum ist Mama weg, schreibe ich Jonas. Ich erkläre ihm, dass es mir leidtut, dass ich den Todestag seines Vaters vergessen habe, und dass ich irgendwann bald mit ihm auf den Friedhof gehen und einen Anglerhut aufs Grab legen möchte, wenn er Lust dazu hat. Es scheint, als würde ihn das freuen. Aber natürlich kann ich mir nicht ganz sicher sein, er könnte ja auch nur so tun, als ob. Dann versuche ich, irgendwie zu formulieren, dass es mir auch leidtut, falls ich gemein zu Veronica war, und dass das nur damit zu tun hat, dass ich ihn am liebsten für mich allein behalten hätte. Aber egal, welche Wörter ich benutze, es klingt immer schrecklich dumm. Deshalb lösche ich schließlich die ganze Nachricht und hoffe, dass er sich schon denken kann, dass es nicht so leicht ist, zuzugeben, dass man eifersüchtig ist.

Meine Schwester schläft bis halb elf. Ich gehe mehrmals in ihr Zimmer und checke, ob sie okay ist. Sie liegt auf der Seite, ihr Mund steht offen, und ab und zu schmatzt sie leise.

Bei einem dieser Besuche wird sie wach.

»Du Creep! Was machst du da?«

»Ich wollte mit dir über etwas reden.«

Cecilie setzt sich mit weit aufgerissenen Augen auf. Offenbar ist ihr wieder eingefallen, dass es noch keine vierundzwanzig Stunden her ist, seit sie mir ihre Untergangsprophezeiungen bezüglich meines Liebeslebens entgegengebrüllt und mir eine Haarbürste in den Nacken geworfen hat.

»Oh nein. Du darfst nicht böse auf mich sein!« Sie lässt sich zurück aufs Bett fallen, legt die Hände über die Augen. »Ich hab mich doch entschuldigt!«

Ich beobachte sie kurz, wie sie da liegt und sich versteckt. Ich glaube, ich kann nachvollziehen, wie es ihr geht. Ich glaube, ich weiß, wie weh es tut, wenn sich jemand von einem entfernt, sich entwickelt, und man selbst kann nicht mithalten.

»Wir können auch später drüber reden«, sage ich.

»Ist das in Ordnung?« Sie linst unter der Decke hervor.

»Es ist nichts Schlimmes. Aber ja, das ist in Ordnung.« Ich zucke mit den Schultern.

»Sollen wir einen Film gucken?«

»Wollen wir lieber ein Hörbuch hören?«

»Was für eins?« Sie rümpft die Nase.

»Eins über positives Denken. Das kann ich echt gebrauchen.«

Nach dem Abendessen und zwei Stunden Fernsehen auf dem Wohnzimmer-Sofa gehe ich raus in den Garten. Ich schlendere zu dem alten Schaukelgerüst und zwänge meinen Hintern auf den kleinen orangefarbenen Plastiksitz. Dann schwinge ich langsam vor und zurück, während ich die Nachricht an Kristoffer tippe, von der ich keine Ahnung habe, wie ich sie formulieren soll.

HI ... DAS WAR ALLES ZIEMLICH BLÖD GESTERN. HAST DU EINEN KATER?

Er antwortet sofort, so als hätte er nur auf eine Nachricht von mir gewartet: **HI ASTRID! JA, DAS WAR WIRKLICH BLÖD. UND JA, ICH HAB EINEN UNFASSBAREN, EKELHAFTEN KATER.**

Ich wünschte, er hätte noch etwas anderes geschrieben, irgendwie mehr. Dass er mir eine Brücke gebaut, etwas gefragt hätte. Aber obwohl ich abwarte, kommt nichts mehr von ihm.

BEREIT FÜR MORGEN?, ist schließlich das Einzige, was mir einfällt.

Diesmal dauert es lange, bis er antwortet. Erst zwanzig Minuten später trudelt seine Nachricht ein: **JEPP. SO BEREIT, WIE'S NUR GEHT.**

Und das ist alles.

Nach einer Weile kommt meine Schwester raus und lässt sich auf die Schaukel neben mir fallen.

»Schöner Sonnenuntergang«, sagt sie.

Dass sie den Himmel wahrnimmt, lässt einen winzigen Hoffnungsschimmer durch meinen Körper fahren.

»Worüber wolltest du denn mit mir reden?«

Wir schwingen ein bisschen vor und zurück, bevor ich antworte. »Ich habe zu Mama und Papa gesagt, dass ich es leid bin, wie es uns gerade geht. Nicht nur dir. Uns allen.«

»Meinetwegen.«

»Nein.«

»Doch, es ist meinetwegen.« Sie starrt vor sich hin.

Es hat keinen Sinn, zu lügen.

»Okay, aber ... jetzt müssen wir alle versuchen, uns gegenseitig zu unterstützen, damit es besser wird. Alle vier. Wie ein Team. Wie ... eine Familie. Nicht nur du musst dich anstrengen, damit es besser wird. Wir *alle* müssen uns anstrengen.«

»Meinst du eine Gruppentherapie?« Cecilie rümpft die Nase.

»Nein, keine Gruppentherapie, oder ... ich weiß es noch nicht. Aber irgendwas müssen wir machen, um rauszufinden, wie man Probleme gemeinsam löst. Und es ist total okay, Angst zu haben, dass es voll scheiße wird, falls das nicht funktioniert. Davor hab ich auch Angst. Aber das sind nur Gedanken. Und seine Gedanken kann man ändern. Und ich will lieber Hoffnung als Angst haben.«

»Das will ich auch lieber«, sagt sie. »Wenn ich eine Wahl hätte. Aber die hab ich einfach nicht.«

Wir schaukeln ruhig vor und zurück. Der Himmel verändert sich von kühlem Blau zu warmem Orange. Unendlich langsam schmelzen die Farben ineinander.

»Es wird dir nicht immer so gehen wie jetzt«, sage ich. »Du wirst schon sehen, in einem Jahr sieht die Welt ganz anders aus. Das weiß ich einfach.«

»Woher willst du das wissen?«, fragt sie.

»Weil sich alles ständig verändert.«

33

Heute fühlt sich das Aufstehen anders an als sonst. Die einzelnen Bewegungen: die Füße über die Bettkante schwingen, barfuß ins Badezimmer tapsen, duschen, Zähne putzen. Währenddessen denke ich nicht nach. Ich betrachte nur die grauen Fliesen, den beschlagenen Spiegel, meine Finger, die Striche darauf zeichnen.

Als ich aus dem Badezimmer komme, huscht Cecilie an mir vorbei, um aufs Klo zu gehen.

Ihre Bettdecke ist noch warm, als ich darunterschlüpfe.

»Was machst du da?«, fragt sie, als sie zurückkommt, und bleibt gähnend im Nachthemd vor dem Bett stehen.

»Komm rein«, sage ich.

Sie schneidet eine Grimasse, bevor sie sich auf die äußerste Ecke der Matratze setzt. Ich hebe die Bettdecke an und mache ihr Platz.

»Ich dachte, du würdest nicht mehr mit mir kuscheln wollen«, sagt sie.

»Ich liebe es, mit dir zu kuscheln!«

Sie rückt sich neben mir zurecht. Wir liegen nicht so entspannt nebeneinander wie sonst, und während wir an die Decke starren, bin ich mir sicher, dass wir es beide spüren: diesen neuen Zustand.

»Ich fahr gleich zum Wagenschmücken zur Schule«, sage ich. »Willst du nicht mitkommen? Du könntest dir die Zeugnisfeier anschauen. Caroline ist doch auch da.«

»Das kann ich nicht«, sagt sie.

Erst will ich sagen, dass das ihre einzige Chance ist zu sehen, wie ihre Mitschüler ihre Zeugnisse bekommen, ihre einzige Chance, zu sehen, wie Caroline ihr Zeugnis kriegt. Ich will, dass sie sich traut hinzugehen, obwohl es schwer ist und wehtut, sich daran zu erinnern, was man selbst nicht bekommt.

Denn vielleicht würde sie das auch an all das erinnern, was sie bekommen *kann*.

Aber dann spüre ich ihren Körper neben meinem, nehme ihr hektisches Atmen wahr; die unruhige Welle, die sie ist. Meine Schwester kämpft jeden Tag gegen etwas, das unsichtbar ist, aber für sie so hart und real wie Zement. Ich weiß, dass ich das nicht allein wegschieben kann.

»Okay«, sage ich.

Eine Weile liegen wir schweigend nebeneinander.

»Ich würde mich für dich freuen«, sagt sie. »Wenn du mit Kristoffer zusammenkommst.« Mit einer Grimasse fügt sie hinzu: »Mama hat gesagt, ich soll das so sagen.«

Ich lächele. »Okay, danke, aber das wird nicht passieren. Wir haben uns gestritten.«

»So wie wir zwei?«

»Ein bisschen so. Aber Schwestern sind für immer. Ich weiß, dass du mich liebst, auch wenn du mir eine Haarbürste in den Nacken wirfst. Mit neuen Menschen im Leben ist das anders«, sage ich.

»Neue Beziehungen sind echt scheiße«, sagt sie. »Habt ihr seitdem nicht mehr miteinander gesprochen?«

»Nur geschrieben. Über nichts, quasi. Er kommt so rüber, als wär ihm das alles total egal. Eiskalt. Ich glaube, er hat mich schon vergessen. Also … da kann man wohl nicht viel machen.«

»Nein, wohl nicht«, sagt sie.

Ich knuffe sie. »Und du sagst einfach Nein.«

»Aber das sagst du doch selbst!«

»Dann widersprich mir! Sag, dass es nicht so ist!«

»Ich?« Cecilie zieht eine Grimasse, aber ich warte einfach. Warte weiter. Schließlich fängt sie langsam an, mit dem Zeigefinger einen Kreis in die Luft zu malen, dreht dann den Kopf, guckt mich an und lässt den Finger auf meiner Nasenspitze landen. »Nothing happens until something moves.«

»Toll«, sage ich. »Ein Postkarten-Spruch. Echte Lebensweisheit! I love it!«

»Die Relativitätstheorie«, sagt sie und nimmt ihren Finger weg. »Albert Einstein. Aber nah dran, Aster.«

Ich muss lachen.

Sie starrt an die Wand. »Und wenn du immer noch zweifelst, möchte Pu der Bär dir sagen, dass du mutiger bist, als du meinst, stärker, als du scheinst, und klüger, als du denkst. Bitte schön. Such dir was aus. Einstein oder Teddybär?«

Meine Füße bringen die Pedale ordentlich in Schwung. Die Vormittagssonne hat schon Kraft, und die Sonnenstrahlen brennen auf dem Stoff meines Oberteils.

Als ich auf den Parkplatz biege, warten Veronica und Jonas schon und schlürfen Kaffee aus neonfarbenen Thermosbechern. Ich komme vor ihnen zum Stehen und lasse den Blick über die vielen Lastwagen und die ganzen Elfer und Zwölfer schweifen, die mit Buchenzweigen, Luftballons und flatternden Bannern in den Armen über den Platz schwirren.

»Wow«, sage ich.

»Apropos *wow* …« Veronica legt den Zeigefinger an ihre Brille, während sie mich von oben bis unten mustert. Ich habe ein Sommerkleid angezogen und mir hochhackige Sandalen von Mama geliehen.

»Können wir über was anderes reden?«

»Na klar.« Sie grinst.

»Für mich hättest du dich nicht so auftakeln müssen.« Jonas bietet mir einen Schluck aus seinem Becher an, und ich spüle den lauwarmen Kaffee runter. »Und auch nicht für sonst irgendwen«, fügt er hinzu.

Ich sage: »Sollen wir loslegen?«

Wir binden die hellgrünen Buchenzweige an den Pfosten auf den offenen Wagenflächen der Lastwagen fest. Einige DJs sind schon da, bauen ihre Mischpulte auf den Wagen auf und spielen ein paar erste Beats.

Veronica und ich helfen dabei, das weiße Banner zu befestigen, das uns Cecilies Klasse vor zwei Wochen gegeben hat.

1 x TUT – DAS IST GUT!

2 x TUT – HEB DEN HUT!

3 x TUT – TRINK WAS, DUDE!

Als wir den Wagen zur Hälfte fertig geschmückt haben, machen wir eine Pause auf der Wiese und teilen uns eine Flasche Kakao und ein paar Knusperstangen. Ich bin so nervös, dass ich so lange Mohnsamen abpule, bis ich ein ganzes Ameisenheer angezogen habe und wir mehrere Meter weiterrücken müssen.

Dann rollen die ersten Autos auf den Parkplatz.

Wir sitzen da und bestaunen die bemützten, rot-weiß gekleideten Abiturienten, die zusammen mit ihren Eltern, Geschwistern und Großeltern an uns vorbei schwärmen. Einige von ihnen lächeln uns zu, aber die meisten wirken ziemlich ernst. Klar, sie sind auf die Reden der Rektorin und des Schulsprechers gespannt und auf die Zeugnisverleihung; diese wenigen nervösen Sekunden, in denen sie ein Klatschkonzert und ein Händedruck auf der Bühne erwartet. Aber besonders gespannt sind sie wohl auf den Abi-Umzug. Den Abschluss von drei der wichtigsten Jahre ihres Lebens.

Bei jeder Familie, die an uns vorbeigeht, spüre ich einen Stich in der Brust.

Einen Stich bei jedem stolzen Elternpaar, das an der Seite ihres Sohns oder ihrer Tochter geht.

Das hätten meine Eltern sein können. Das hätte Cecilie sein können, die dort in einem weißen Kleid vorbeiläuft, strahlend und auf dem Weg zum nächsten Schritt im Leben.

Jonas nimmt mich von hinten in den Arm, presst sein Kinn fest zwischen mein Gesicht und meine Schulter.

»Nächstes Jahr ist Cecilie dabei«, sagt er.

»Ich hoffe es.«

»Sie wird dabei sein«, sagt er. Dann flüstert er: »Und in zwei Jahren sind verdammt noch mal wir das!«

Als wir mit dem Schmücken fertig sind, gibt es nichts mehr zu tun, als zu warten. Der Bass hämmert rhythmisch von den Lastwagen. Immer mehr Menschen tauchen auf; Leute aus der Stadt, die einfach nur zusehen wollen, wie die fröhlichen Abiturienten aufbrechen.

Die vielen fremden Gesichter geben mir das Gefühl, in der Masse zu ertrinken. Wir erleben zwar etwas gemeinsam, aber ich bin trotzdem ganz allein.

Dann kommen die Eltern der Abiturienten raus. Sie haben rote Wangen und strahlen, drängen sich um die Wagen und bringen ihre Handys und Spiegelreflexkameras in Position.

Ich halte nach Kristoffers Mutter und seinem Großvater Ausschau, kann sie aber nirgendwo entdecken. Endlich strömen die Hauptpersonen aus den Eingangstüren. Sie sehen aus wie ein Schwarm weißer Vögel. Ich vergesse beinahe, zu atmen.

Dann entdecke ich ihn. Er hat seine Studentenmütze ein bisschen gedreht, sodass der Schirm nicht genau über der Stirn steht. Seine schwarzen Haare blitzen darunter hervor. Sein Blick schweift von hier nach da, er nimmt die anerkennenden Klapse und Knuffe der Leute entgegen, hebt die Mütze und grüßt. Und währenddessen lächelt er, er lächelt so schön, dass ich bei dem Gedanken daran, dass dieses Lächeln nicht für mich gedacht ist, schon wieder heulen könnte.

Vor mir stehen die Leute in mehreren Reihen, und selbst als ich versuche, mich durchzudrängen, bewegt sich die Menschentraube so gut wie gar nicht, und ich schaffe es nicht rechtzeitig nach vorne: Plötzlich steht er zusammen mit den anderen auf dem Wagen. Er hat schon ein Bier in der Hand.

Die Musik auf den Wagen hämmert jetzt richtig los, und ich versuche, ihn durch ein paar ungelenke Hopser auf mich aufmerksam zu machen, während ich, so laut ich kann, seinen Namen rufe: »*Kristoffer! Kristoffer?!?*«

Er hört mich nicht.

Ich bin völlig unsichtbar.

Dann fällt mir etwas ein; ein letzter Versuch, mich bemerkbar zu machen: Ich krame in meiner Tasche und bekomme die Trillerpfeife zu fassen, die ich Kristoffer vom Hals gerissen habe, an einem Tag, der ewig her zu sein scheint. Das Mundstück fühlt sich kalt und hart zwischen meinen Lippen an, und ich hole einmal tief Luft, bevor ich mit aller Kraft hineinblase.

Ein älterer Mann direkt vor mir dreht sich um, hält sich das Ohr, sagt wütend: »Was soll das denn bitte?!?«

Aber ich pfeife noch einmal. Diesmal noch lauter.

Mehrere Leute drehen sich um. Und endlich hören mich auch die Abiturienten oben auf dem Wagen, endlich schaut Kristoffer nach unten ins Menschenmeer. Zu mir.

Wir bekommen Blickkontakt.

Immer noch halte ich die Pfeife zwischen den Lippen, aber jetzt rutscht sie mir aus dem Mund, landet irgendwo unter mir auf dem Asphalt.

Er schaut mich an.

Ich schaue ihn an.

Es ist, als würde ›für immer‹ genau da passieren.

Dann zwängt er sich zwischen den anderen auf dem Wagen durch, schubst seine Mitschüler zur Seite, geht zur Rampe und springt das letzte Stück. Ich bleibe stehen, wie versteinert, bis Kristoffer vor mir ankommt. Die Menschenmenge schiebt uns eng zusammen, zwischen uns ist höchstens ein halber Meter Abstand.

»Hi«, sagt er.

»Hi.« Mein Mund ist trocken. Ich bewege die Zunge ein paar Mal, bevor ich weitersprechen kann. »Ich wollte dir nur Glück mit allem wünschen.«

»Danke.« Jemand ruft seinen Namen, er schaut sich schnell um, beinah ungeduldig über die Schulter.

Einen Moment lang spiele ich mit dem Gedanken, wie eine Maus über den Asphalt davonzuflitzen, in der Menschenmenge zu verschwinden und den Gedanken daran, ihn jemals wiederzusehen, zu vergessen. Dann guckt er mich wieder an, und ich hole tief Luft.

»Ich wollte mich außerdem entschuldigen.«

»Wofür?« Sein Gesicht wirkt plötzlich leer.

»Für ... du weißt schon.«

»Nein.«

Mir schießt das Blut in den Kopf. »Es tut mir leid, dass ich diese Sachen gesagt hab. Ich hab's nicht so gemeint. Es stimmt nicht, dass du mich nicht glücklich machst. Das machst du nämlich.«

»Das weiß ich«, sagt er.

»Äh. Okay.«

»Hör auf, so ein schockiertes Gesicht zu machen. Du bist quasi ein offenes Buch.«

»Du findest nicht, dass ich mich komplett bescheuert benommen hab?«

»Doch«, sagt er. »Jetzt, wo du fragst. Aber ich war vermutlich auch nicht die beste Version meiner selbst. Vielleicht können wir einfach aufhören, die Dinge so schwarz-weiß zu sehen?«

Seine Mitschüler oben auf dem Wagen fangen an, rhythmisch seinen Namen zu rufen und dazu zu klatschen.

»Kris-sto-ffer, Kri-sto-ffer!«

Klatsch-klatsch-klatsch. Klatsch-klatsch-klatsch.

Ich werfe einen schnellen Blick auf den Platz und stelle fest, dass alle Abiturienten auf den Wagen stehen, die Heckklappen geschlossen sind und die Wagen zur Abfahrt bereit sind. Nur Kristoffer fehlt noch.

»Lass uns morgen reden«, sagt er. »Sobald ich ausgeschlafen bin?«

Ich nicke.

Er beginnt rückwärtszugehen. »Und hey, ich freu mich über deine Entschuldigung, okay?« Er lächelt, *endlich* lächelt er. Und bevor ich nachdenken kann, packe ich ihn am Arm, ziehe ihn zu mir zurück. Unser Schneidezähne schlagen aneinander, mein Mund ist viel zu trocken, er fängt mittendrin an zu lachen, und trotzdem ist der Kuss perfekt.

Und viel zu schnell vorbei.

Wir lösen uns voneinander, und er sagt »Bis morgen«, bevor er sich einen Weg zurück zum Wagen bahnt. Die Leute machen Platz, lassen ihn vorbei. Am Lastwagen steht schon keine Rampe mehr, aber Kristoffer hält sich an den ausgestreckten Händen der anderen fest, und sie ziehen ihn hoch. Kurz darauf hupt der Fahrer und lässt mit einem Heulen den Motor an.

Kristoffer stellt sich ganz hinten ans Wagenende, wo ich ihn sehen kann. Da bleibt er stehen.

Die vordersten Lastwagen fahren unter lautem Hupen und hämmernden Bässen an. Die Leute folgen ihnen, die Menschenmenge bewegt sich wie eine schnell heranrollende Welle über den Parkplatz.

Jonas und Veronica brechen aus der Welle aus, kommen mir entgegen und nehmen mich fest in ihre Mitte.

»So long«, sagt Jonas. »Bye-bye, Baby!«

Kristoffer hebt die Hand und winkt, während der Lastwagen als letzter vom Platz rollt.

Ich winke zurück. Kann mich kaum von seinem Anblick losreißen, während er verschwindet.

Es zieht in meiner Brust, wenn ich daran denke, was die Zukunft für uns alle bringen wird. Es sticht und quält mich. Aber jetzt, in diesem Moment, fühlt es sich an, als wären die Dinge schon okay so, wie sie sind. Und das sind wohl die Momente, die ich von jetzt an sammeln sollte.

Die Wagen sind am Horizont verschwunden. Die Menge beginnt, sich zu zerstreuen.

»Sollen wir zum See gehen und schwimmen?«, fragt Veronica. »Oder in die Stadt fahren und zugucken, wie sie um den Springbrunnen tanzen? Wir könnten auch Eis essen gehen.«

»Ich hab keinen Bock, Leuten dabei zuzuschauen, wie sie um ein blasphemisches Baby tanzen, das Wasser aus seinem grünen Pimmel spritzt«, sagt Jonas. »Ich bin für Eis.«

»Jaaa, Eis!« Veronica hüpft auf der Stelle. »Haben wir uns das nicht verdient?«

»Aber so was von«, sage ich und schaue nach oben in den Himmel. »Ich glaube, wir haben das alles verdient.«

MIX
Papier aus verantwortungsvollen Quellen
FSC® C014496

1. Auflage

Die dänische Originalausgabe erschien 2020 bei
Gyldendal, Dänemark, unter dem Titel »Kvantespring«
Veröffentlicht in Absprache mit Salomonsson
Agency, Stockholm, Schweden
Die Übersetzung erfolgte mit freundlicher
Unterstützung der Danish Arts Foundation.
Die Arbeit der Übersetzerin am vorliegenden
Text wurde im Rahmen des Programms
NEUSTART KULTUR aus Mitteln der
Beauftragten der Bundesregierung für Kultur und
Medien vom Deutschen Übersetzerfonds gefördert.
Druck und Bindung: GGP Media GmbH,
Karl-Marx-Straße 24, 07381 Pößneck, Deutschland
Printed 2022
ISBN 978-3-7512-0189-6

www.oetinger.de